台灣の讀者の皆さんへのコメント

海を越えて旅したことのない私の書いた小說が、
海を越えて多くの讀者の皆樣のもとに屆いていることを、
心から嬉しく思っています。
この作品も、どうぞお樂しみいただけますように！

致親愛的台灣讀者

從未出國旅行的我，
這次很高興自己寫的小說能跨海與許多讀者見面，
希望這部作品能帶給您無上的閱讀樂趣。

宮部みゆき

不需要回答

返事はいらない

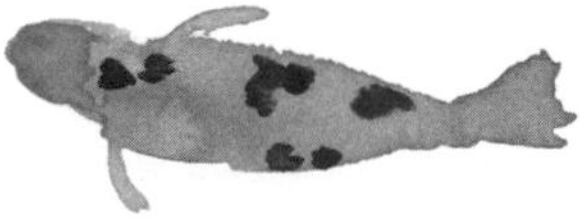

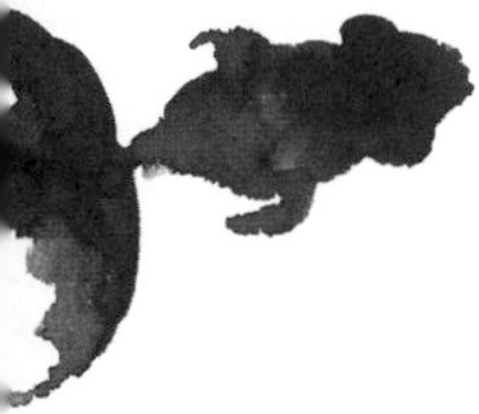

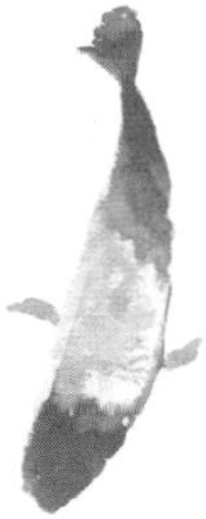

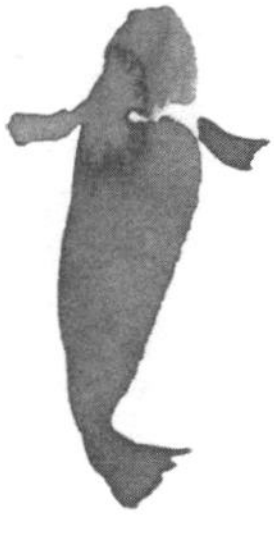

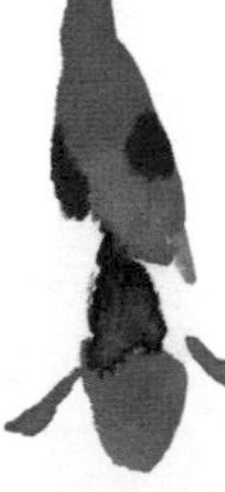

宮部美幸

高詹燦——譯

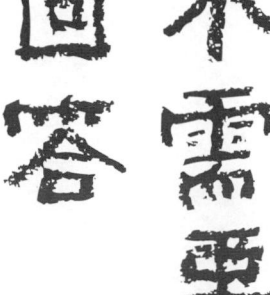

宮部美幸 作品集／37
MIYABE MIYUKI

不需要回答

Contents

導讀

進入「宮部美幸館」，就是進入最具原創力與當下性的新新羅浮宮

張亦絢

宮部美幸並不是不容錯過的推理作家——她是不容錯過的作家。她不只值得我們在休閒時光中，一飽推理之福，也爲眾人締造了具有共同語言的交流平台，讓我們得以探討當代的倫理與社會課題。

在這篇導讀中，我派給自己的任務，是在高達六十餘部作品中，挑出若干作品，介紹給兩類讀者，一是還未開始閱讀宮部美幸者；二是面對她龐大的創作體系，雖曾閱讀一二，但對進一步涉獵，感到難有頭緒的讀者。

入門：名不虛傳的基本款

在入門作品上，我推薦《無止境的殺人》、《魔術的耳語》與《理由》。

《無止境的殺人》：對於必須在課業或工作忙碌時間中，抽空閱讀的讀者，短篇集使我們可以自行調配閱讀的節奏——小說其實具備我們在小學時代都曾拿到過的作文題目旨趣：假如我是×××——本作可看成「假如我是某某某的錢包」的十種變奏。擬人化的錢包是敘述者。如何在看似同一主題下，變化出不同的內容，本作也有「趣味作文與閱讀」的色彩，是青春期讀者就適讀的

想像力之作。短篇進階則推《希望莊》。從短篇銜接至較易讀的長篇，《逝去的王國之城》則是特別溫馨的誠摯之作。

《魔術的耳語》：這雖不是作者的首作，但卻是作者在初試啼聲階段，一鳴驚人的代表作。北上次郎以〈閱讀小說的最高幸福〉讚譽，我隔了二十年後重讀，依然認為如此盛讚，並非過譽。媚工、心智控制、影像——分別代表了古老非正式的「兩性常識」、傳統學科心理學或醫學、以至商業新科技三大面向的操縱現象及後遺症——這三個基本關懷，會在宮部往後的作品，比如《聖彼得的送葬隊伍》中，不斷深入。雖是作者的原點之作，也已大破大立。

《理由》：與《火車》同享大量愛好者的名作；雖然沒有明顯資料顯示，是枝裕和的《小偷家族》受到《理由》一書的影響，但兩者除了有所相通，寫於一九九九年的《理由》更是充分顯露宮部美幸高度預見性天才的作品。住宅、金融與土地——社會派有興趣的主題，偶爾會得到若干作家略嫌枯燥的處理——《理由》則以「無論如何都猜不到」的懸疑與驚悚，令人連一分鐘也不乏味地，就看完了批判經濟體系的上乘戲劇。說它是「推理大師為你／妳解說經濟學」，還是稍微窄化了這部小說。除了推理經典的地位之外，也建議讀者在過癮的解謎外，注意本作中，無論本格或社會派中，都較少使用的荒謬諷刺手法。

冷門？尺度特別的奇特收穫

接著我想推三部有可能「被猶豫」的作品，分別是：《所羅門的偽證》、《落櫻繽紛》、與《蒲生邸事件》。

《所羅門的僞證》：傳統的宮部美幸迷，都未必排斥她的大長篇，比如若干《模仿犯》的讀者非但不抱怨長度，反而倍受感動。分成三部、九十萬字的《所羅門的僞證》可能令人遲疑，節奏太慢？眞有必要？事實上，後兩部完全不是拖拉前作的兩度作續，三部都是堅實縝密的推理。最後一部的模擬法庭，更是將推理擴充至校園成長小說與法庭小說的漂亮出擊：宮部美幸最厲害的「對腦也對心說話」，更是發揮得淋漓盡致。此作還可視爲新世紀的「青春冒險小說」。說到冒險，過去的未成年人會漂到荒島或異鄉，然而現代社會的面貌已大爲改變：最危險的地方，就在「哪都不能去」的學校家庭中。誰會比宮部美幸更適合寫青春版的「環遊人性八十天」？少年少女之於宮部美幸，恰如黑猩猩之於珍古德，或工人之於馬克斯，三部曲可說是「最長也最社會派的宮部美幸」。

《落櫻繽紛》：「療癒的時代劇」，本作的若干讀者會說。但我有另個大力推薦的理由，我認爲，這是通往小說家從何而來的祕境之書。除了書前引言與偶一爲之的書名，宮部美幸鮮少吊書袋。然而，若非讀過本書，不會知道，她對被遺忘的古書與其中知識的領悟與珍視。如果想知道，小說家讀什麼書與怎麼讀，本書絕對會使你／妳驚豔之餘，深受啓發。

《蒲生邸事件》：儘管「蒲生邸」三字略令人感到有距離，然而，融合奇幻、科幻、歷史、愛情元素的本作，卻可說是一舉得到推理圈內外矚目，極可能是擁護者背景最爲多元的名盤。如果對「二二六事件」等歷史名詞卻步，可以完全放下不必要的擔憂。跳脫了「你非關心不可」與「你知道也沒用」兩大陣營的簡化教條，這本小說才會那麼引人入勝。我會形容本書是「最特殊也最親民的宮部美幸」。

以上三部，代表了宮部美幸最恢宏、最不畏冷門與最勇於嘗試的三種特質，它們有那麼一點點專門的味道，但絕對值得挑戰。

中間門：看似一般的重量級

最後，不是只想入門、也還不想太過專門——介於兩者之間的讀者，我想推薦《誰？》、《獵捕史奈克》與《三鬼》三本。

《誰？》：小編輯與大企業的千金成婚，隨時被叫「小白臉」的杉村三郎成爲系列作中，業餘到專業的偵探。看似完全沒有犯罪氣氛的日常中，案中案、案外案——至少有三案會互相交織連鎖——其中還包括一向被認爲不易處理的陳年舊案。喜歡生活況味與懸疑犯罪的兩種讀者，都容易進入；宮部美幸還同時展現了在《樂園》中，她非常擅長的親子或手足家庭悲劇。動機遠比行爲更值得了解——這不但是推理小說的法則，也是討論道德發展的基本認識：不是故意的犯罪、不得已的犯罪與不爲人知的犯罪，爲何發生？又如何影響周邊的人？除了層次井然，小說還帶出了「少女勞動者會被誰剝削？」等記憶死角。儘管案案相連，殘酷中卻非無情，是典型「不犯罪外，也要學會自我保護與生活」的「宮部伴你成長」書。

《獵捕史奈克》：主線包括了《悲嘆之門》或《龍眠》都著墨過的「復仇可不可？」問題。節奏快、結局奇，曾在《魔術的耳語》中出現的「媚工經濟」，會以相反性別的結構出現。本作是在各種宮部之長上，再加上槍隻知識的亮眼佳構。光是讀宮部美幸揭露的「槍有什麼」，就已值回票價——何況還有離奇又合理的布局，使得有如公路電影般的追逐，兼有動作片與心理劇的力道。雖然不同年齡層的男人互助，也還是宮部美幸筆下的風景，但此作中宮部美幸對女性的關愛，已非零星或一閃而過，而有更加溢於言表的顯現。

《三鬼》：《本所深川不可思議草紙》的細緻已非常可觀，《三鬼》驚世駭俗的好，並不只是深刻運用恐怖與妖怪的元素。它牽涉到透過各式各樣的細節，探討舊日本的社會組織與內部殖民。以兼作書名的〈三鬼〉一篇為例，從窮藩栗山藩到窮村洞森村，令人戰慄的不只是「悲慘世界」，而是形成如此局面背後「不知不動也不思」的權力系統。這是在森鷗外〈高瀨舟〉與〈山椒大夫〉譜系上，更冷峻、更尖銳也可說更投入的揭露——看似「過去事」，但弱勢者被放逐、遺棄、隔離並產生互殘自噬的課題，可一點都不「過去式」。雖然此作最令我想出聲驚呼「萬萬不可錯過」，不代表其他宮部的時代推理，未有其他不及詳述的優點。

透過這種爆發力與續航性，宮部美幸一方面示範了文學的敬業；在另方面，由於她的思考結構具有高度的獨立性與社會批判力，也令人發覺，她已大大改寫了向來只強調「服從與辦事」的「敬業」二字的含意。在不知不覺中，宮部美幸已將「敬業」轉化為一系列包含自發、游擊、守望相助精神的傳世好故事。

進入「宮部美幸館」，就是進入最具原創力與當下性的新新羅浮宮。

本文作者簡介

張亦絢

巴黎第三大學電影及視聽研究所碩士。早期作品，曾入選同志文學選與台灣文學選。另著有《我們沿河冒險》（國片優良劇本佳作）、《晚間娛樂：推理不必入門書》、《小道消息》、《看電影的慾望》，長篇小說《愛的不久時：南特／巴黎回憶錄》（台北國際書展大賞入圍）、《永別書：在我不在的時代》（台北國際書展大賞入圍）。二〇一九年起，在BIOS Monthly撰寫影評專欄「麻煩電影一下」。

導讀　傅博

宮部美幸的推理文學世界「增補版」

日本當代國民作家宮部美幸

近年來在日本的雜誌上，偶爾會看到尊稱宮部美幸為國民作家的文章。怎樣才能榮獲這個名譽呢？好像沒有確切的答案，然而綜觀過去被尊稱為國民作家的作家生涯便不難看出國民作家的共同特徵。

明治維新（一八六八年）一百多年以來，被尊稱為國民作家的為數不多，夏目漱石和吉川英治是最早期的國民作家。夏目漱石是純文學大師，其作品具大眾性，一九一六年逝世至今，已歷一百年，其作品在書店仍然可見，代表作有《我是貓》、《少爺》等等。吉川英治是大眾文學大師，其作品有濃厚的思想性，對二次大戰戰敗的日本國民發揮了鼓舞的作用，其著作等身，代表作有《宮本武藏》、《新・平家物語》等等。

屬於戰後世代的國民作家有松本清張和司馬遼太郎。松本清張是社會派推理文學大師，其寫作範圍十分廣泛，除了推理小說之外，對日本古代史研究、挖掘昭和史等，留下不可磨滅的貢獻。司馬遼太郎是歷史文學大師，早期創作時代小說，之後撰寫歷史小說和文化論。這兩位作家的共同特徵是，著作豐富、作品領域廣泛、質與量兼俱。他們的思想對一九六〇年代後的日本文化發揮了影響力。

上述四位之外，日本推理小說之父江戶川亂步、時代小說大師山本周五郎，以及文學史上創作量最多、男女老少人人喜愛的赤川次郎也榮獲國民作家的尊稱。

綜觀以上的國民作家，其必備條件似乎是著作豐富、多傑作；作品具藝術性、思想性、社會性、娛樂性、普遍性；讀者不分男女，長期受到廣泛的老、中、青、少、勞動者以及知識分子的閱讀。

宮部美幸出道至今未滿二十年，共出版了四十三部作品，包括四十萬字以上的巨篇八部、長篇二十四部、中篇集四部、短篇集十三部，非小說類有繪本兩冊、隨筆一冊、對談集一冊。以平均每年出版兩冊的數量來說，在日本並非多產作家，但是令人佩服的是，其寫作題材廣泛、多樣，品質又高，幾乎沒有失敗之作。所獲得的文學獎與同世代作家相較，名列第一，該得的獎都拿光了。質的成功與量成比例，是宮部美幸文學的最大武器，也是獲得國民作家之稱的最大因素。

宮部美幸，本名矢部美幸，一九六〇年十二月二十三日生於東京都江東區深川。東京都立墨田川高中畢業之後，到速記學校學習速記，並在法律事務所上班，負責速記，吸收了很多法律知識。一九八四年四月起在講談社主辦的娛樂小說教室學習創作。

一九八七年，〈鄰人的犯罪〉獲第二十六屆《ＡＬＬ讀物》推理小說新人獎，〈鎌鼬〉獲第十二屆歷史文學獎佳作。一位新人，同年以不同領域的作品獲得兩種徵文比賽獎項實為罕見。

前者是透過一名少年的觀點，以幽默輕鬆的筆調記述和舅舅、妹妹三人綁架小狗的計畫所引發的意外事件，是一篇以意外收場取勝的青春推理佳作，文風具有赤川次郎的味道。後者是以德川幕府時代的江戶（今東京）爲時空背景的時代推理小說。故事記述一名少女追查試刀殺人的凶手之經過，全篇洋溢懸疑、冒險的氣氛。

要認識一位作家的本質，最好的方法就是閱讀其全部的作品。當其著作豐厚，無暇全部閱讀時，則是先閱讀其處女作，因爲作家的原點就在處女作。以宮部美幸爲例，其作品裡的偵探，不管是系列偵探或個案偵探，很少是職業偵探，大多是基於好奇心，欲知發生在自己周遭的事件眞相，而做起偵探的業餘偵探，這些主角在推理小說是少年，在時代小說則是少女。其文體幽默輕鬆，故事收場不陰冷而十分溫馨，這些特徵在其雙線處女作之中已明顯呈現。

繼處女作之後的作品路線，即須視該作家的思惟了；有的一生堅持一條主線，不改作風，只追求同一主題，日本的推理小說家大多屬於這種單線作家——解謎、冷硬、懸疑、冒險、犯罪等各有專職作家。

另一種作家就不單純了，嘗試各種領域的小說，屬於這種複線型的推理作家不多，宮部美幸即是罕見的複線型全方位推理作家。她發表不同領域的處女作——推理小說和時代小說——同時獲得肯定，登龍推理文壇之後，此雙線成爲宮部美幸的創作主軸。

一九八九年，宮部美幸以《魔術的耳語》獲得第二屆日本推理懸疑小說大獎，拓寬了創作路線，由此確立推理作家的地位，並成爲暢銷作家。

宮部美幸作品的三大系統

這次宮部美幸授權獨步文化出版社，發行台灣版《宮部美幸作品集》二十七部（二十三部中有四部分爲上下兩冊），筆者以這二十三部爲主，按其類型分別簡介如下。

要完整歸類全方位作家宮部美幸的作品實非易事，然其作品主題是推理則毋庸置疑。筆者綜合故事的時空背景以及現實與非現實的題材，將它分爲三大系統。第一類爲推理小說，第二類時代小說，第三類奇幻小說，而每系統可再依其內容細分爲幾種系列。

一、推理小說系統的作品

宮部美幸的出道與新本格派崛起（一九八七年）是同一時期，早期作品除可能受此影響之外，文體、人物設定、作品架構等，可就是受到赤川次郎的影響了。所以她早期的推理小說大多屬於青春解謎的推理小說；許多短篇沒有陰險的殺人事件登場，大多是以日常生活中的家庭糾紛爲主題，屬於日常之謎系列的推理小說不少。屬於本系列的有：

1. 《鄰人的犯罪》（短篇集，一九九〇年一月出版）收錄處女作以及之後發表的青春推理短篇四篇。早期推理短篇的代表作。

2. 《完美的藍——阿正事件簿之一》（長篇，一九八九年二月出版／獨步文化版．宮部美幸作品集01——以下只記集號）「元警犬系列」第一集。透過一隻退休警犬「阿正」的觀點，描述牠與現在的主人——蓮見偵探事務所調查員加代子——的辦案過程。故事是阿正和加代子找到離家出走的少年，在將少年帶回家的途中，目睹高中棒球明星球員（少年的哥哥）被潑汽油燒死的過程。在搜查過程中浮現的製藥公司的陰謀是什麼？「完美的藍」是藥品名。具社會派氣氛。

3.《阿正當家——阿正事件簿之二》（連作短篇集，一九九七年十一月出版／16）「元警犬系列」第二集。收錄〈動人心弦〉等五個短篇，在第五篇〈阿正的辯白〉裡，宮部美幸以事件委託人登場。

4.《這一夜，誰能安睡？》（長篇，一九九二年二月出版／06）「島崎俊彥系列」第一集。透過中學一年級生緒方雅男的觀點，記述與同學島崎俊彥一同調查一名股市投機商贈與雅男的母親五億圓後，接獲恐嚇電話、父親離家出走等事件的眞相，事件意外展開、溫馨收場。

5.《少年島崎不思議事件簿》（長篇，一九九五年五月出版／13）「島崎俊彥系列」第二集。在秋天的某個晚上，雅男和俊男兩人參加白河公園的蟲鳴會，主要是因爲雅男想看所喜歡的工藤小姐一眼，但是到了公園門口，卻碰到殺人事件，被害人是工藤的表姊，於是兩人開始調查眞相，發現事件背後的賣春組織。具社會派氣氛。

6.《無止境的殺人》（長篇，一九九二年九月出版／08）將錢包擬人化，由十個錢包輪流講自己所見的主人行爲而構成一部解謎的推理小說。人的最大欲望是金錢，作者功力非凡，藉由放錢的錢包揭開十個不同的人格，而構成解謎之作，是一部由連作構成的異色作品。

7.《繼父》（連作短篇集，一九九三年三月出版／09）「繼父系列」第一集。一個行竊失風的小偷，摔落至一對十三歲雙胞胎兄弟家裡，這對兄弟的父母失和，留下孩子各自離家出走，於是兄弟倆要求小偷當他們的爸爸，否則就報警，將他送進監獄，小偷不得已，承諾兄弟倆當繼父。不久，在這奇妙的家庭裡，發生七件奇妙的事件，他們全力以赴解決這七件案件。典型的幽默推理小說集。

8.《寂寞獵人》（連作短篇集，一九九三年十月出版／11）「田邊書店系列」第一集。以第三人稱多觀點記述在田邊舊書店周遭所發生的與書有關的謎團六篇。各篇主題迥異，有命案、有日常之謎、有異常心理、有懸疑。解謎者是田邊舊書店店主岩永幸吉和孫子稔。文體幽默輕鬆，但是收場不一定明朗，有的很嚴肅。

9.《誰？》（長篇，二〇〇三年十一月出版／30）「杉村三郎系列」第一集。今多企業集團會長今多嘉親之司機　田信夫被自行車撞死，信夫有兩個未出嫁的女兒，聰美與梨子。梨子向今多會長提議，要出版父親的傳記，以找出嫌犯。於是，今多要求在集團廣報室上班的女婿杉村三郎協助姊妹倆出書事務。聰美卻反對出書，杉村認爲兩姊妹不睦，藏有玄機，他深入調查，果然……

10.《無名毒》（長篇，二〇〇六年八月出版／31）「杉村三郎系列」第二集。今多企業集團廣報室臨時僱用的女職員原田泉與總編吵架，寄出一封黑函後，即告失蹤。原田的性格原來就稍有異常，今多會長要求杉村三郎調查眞相。杉村到處尋找原田的過程中，認識曾經調查過原田的私家偵探北見一郎，之後杉村在北見家裡遇到「隨機連環毒殺案」第四名犧牲者的孫女古屋美知香，於是捲入毒殺事件的漩渦中。杉村探案的特徵是，在今多會長叫他處理公務上的糾紛過程中，因其正義感使他去解決另外的事件。

以上十部可歸類爲解謎推理小說，而從文體和重要登場人物等來歸類則是屬於幽默推理、青春推理爲多。屬於這個系列的另有以下兩部。

11.《地下街之雨》（短篇集，一九九四年四月出版／66）。

12.《人質卡農》（短篇集，一九九六年一月出版）。

以下九部的題材、內容比較嚴肅，犯罪規模大，呈現作者的社會意識。有懸疑推理、有社會派推理、有報導文體的犯罪小說。

13.《魔術的耳語》（長篇，一九八九年十二月出版／02）獲第二屆日本推理懸疑小說大獎的社會派推理傑作。三起看似互不相干的年輕女性的死亡案件，和正在進行的第四起案件如何演變成連續殺人案。十六歲的少年日下守，爲了證實被逮捕的叔叔無罪，挑戰事件背後的魔術師的陰謀。宮部美幸早期代表作。

14.《Level 7》（長篇，一九九〇年九月出版／03）一對年輕男女在醒來之後失去記憶，手臂上被印上「Level 7」；一名高中女生在日記留下「到了 Level 7 會不會回不來」之後離奇失蹤。尋找自我的男女，和尋找失蹤女高中生的眞行寺悅子醫師相遇，一起追查 Level 7 的陰謀。兩個事件錯綜複雜，發展爲殺人事件。宮部後期的奇幻推理小說的先驅之作、早期代表作。

15.《獵捕史奈克》（長篇，一九九二年六月出版／07）持散彈槍闖入大飯店婚宴的年輕女子關沼惠子、欲利用惠子所持的槍犯案的中年男子織口邦雄、欲阻止邦雄陰謀的青年佐倉修治、欲去探望臥病妻子的優柔寡斷的神谷尚之、承辦本案的黑澤洋次刑警，這群各有不同目的的人相互交錯，故事向金澤之地收束。是一部上乘的懸疑推理小說。

16.《火車》（長篇，一九九二年七月出版）榮獲第六屆山本周五郎獎。停職中的刑警本間俊介受親戚栗坂和也之託，尋找失蹤的未婚妻關根彰子，在尋人的過程中，發現信用卡破產猶如地獄般的現實社會，是一部揭發社會黑暗的社會派推理傑作，宮部第二期的代表作。

17.《理由》（長篇，一九九八年六月出版）二〇〇一年榮獲第一百二十屆直木獎和第十七屆日本冒險小說協會大獎。東京荒川區的超高大樓的四十樓發生全家四人被殺害的事件。然而這被殺的四人並非此宅的住戶，而這四人也不是同一家族，沒有任何血緣關係。他們爲何僞裝成家人一起生活？他們到底是什麼人？又想做什麼？重重的謎團讓事件複雜化，事件的眞相是什麼？一部報導文學形式的社會派推理傑作。宮部第二期的代表作。

18.《模仿犯》（百萬字長篇，二〇〇一年四月出版）同時榮獲第五十五屆每日出版文化獎特別獎，二〇〇二年同時榮獲第五屆司馬遼太郎獎和二〇〇一年度藝術選獎文部科學大臣獎文學部門獎。在公園的垃圾堆裡，同時發現女性的右手腕與一名失蹤女性的皮包，不久凶手打電話到電視公司和失主家中，果然在凶手所指示的地點發現已經化爲白骨的女性屍體，是利用電視新聞的劇場型犯罪。不久，表面上連續殺人案一起終結，之後卻意外展開新局面。是一部揭發現代社會問題的犯罪小說，宮部文學截至目前爲止的最高傑作，推理文學史上的不朽名著。

19.《R．P．G》（長篇，二〇〇一年八月出版／22）在食品公司上班的所田良介於杉並區的建築工地被刺死，在他的屍體上找到三天前在澀谷區被絞殺的大學女生今井直子身上所發現的同樣纖維，於是兩個轄區的警察組成共同搜查總部，而曾經在《模仿犯》登場的武上悅郎則與在《十字火焰》登場的石津知佳子連袂登場。是一部現今在網路上流行的虛擬家族遊戲爲主題的社會派推理小說。

宮部美幸的社會派推理作品尚有：

20. 《東京下町殺人暮色》（原題《東京殺人暮色》，長篇，一九九〇年四月出版）。

21. 《不需要回答》（短篇集，一九九一年十月出版／37）。

二、時代小說系統的作品

時代小說是與現代小說和推理小說鼎足而立的三大大眾文學。凡是以明治維新之前爲時代背景的小說，總稱爲時代小說或歷史・時代小說。

時代小說視其題材、登場人物、主題等再細分爲市井、人情、股旅（以浪子的流浪爲主題）、劍豪、歷史（以歷史上的實際人物爲主題）、忍法（以特殊工夫的武鬥爲主題）、捕物等小說。

捕物小說又稱捕物帳、捕物帖、捕者帳等，近年推理小說的範疇不斷擴大，將捕物小說稱爲時代推理小說，歸爲推理小說的子領域之一。捕物小說的創作形式是日本獨有，其起源比日本推理小說早六年。一九一七年，岡本綺堂（劇作家、劇評家、小說家）發表《半七捕物帳》的首篇作〈阿文的魂魄〉，是公認的捕物小說原點。

據作者回憶，執筆《半七捕物帳》的動機是要塑造日本的福爾摩斯——半七，同時欲將故事背景的江戶的人情和風物以小說形式留給後世。之後，很多作家模仿《半七捕物帳》的形式，創作了很多捕物小說。

由此可知，捕物小說與推理小說的不同之處是以江戶的人情、風物爲經，謎團、推理爲緯而構成的小說。因此，捕物小說分爲以人情、風物爲主，與謎團、推理取勝的兩個系統。前者的代表作是野村胡堂的《錢形平次捕物帳》，後者即以《半七捕物帳》爲代表。

宮部美幸的時代小說有十一部，大多屬於以人情、風物取勝的捕物小說。

22.《本所深川不可思議草紙》（連作短篇集，一九九一年四月出版／05）「茂七系列」第一集。榮獲第十三屆吉川英治文學新人獎。江戶的平民住宅區本所深川，有七件不可思議的事象，作者以此七事象爲題材，結合犯罪，構成七篇捕物小說。破案的是回向院捕吏茂七，但是他不是主角，每篇另有主角，大多是未滿二十歲的少女。以人情、風物取勝的時代推理佳作。

23.《幻色江戶曆》（連作短篇集，一九九四年八月出版／12）以江戶十二個月的風物詩爲題，結合犯罪、怪異構成十二篇故事。以人情、風物取勝的時代推理小說。

24.《最初物語》（連作短篇集，一九九五年七月出版，二〇〇一年六月出版珍藏版，增補一篇作品／21）「茂七系列」第二集。以茂七爲主角，記述七篇茂七與部下系吉和權三辦案的經過，作者在每篇另有記述與故事沒有直接關係的季節食物掌故，介紹江戶風物詩。人情、風物、謎團、推理並重的時代推理小說。

25.《顫動岩——通靈阿初捕物帳1》（長篇，一九九三年九月出版／10）「阿初系列」第一集。破案的主角是一名具有通靈能力的十六歲少女阿初，她看得見普通人看不見的東西，而且一般人聽不到的聲音也聽得到。某日，深川發生死人附身事件，幾乎與此同時，武士住宅裡的岩石開始顫動。這兩件靈異事件是否有關聯？背後有什麼陰謀？一部以怪異取勝的時代推理小說。

26.《天狗風——通靈阿初捕物帳2》（長篇，一九九七年十一月出版／15）「阿初系列」第二集。天亮颳起大風時，少女一個一個地消失，十七歲的阿初在追查少女連續失蹤案的過程中遇到邪惡的天狗。天狗的眞相是什麼？其陰謀是什麼？也是以怪異取勝的時代推理小說。

27. 《糊塗蟲》（長篇，二〇〇〇年四月出版／19・20）「糊塗蟲系列」第一集。深川北町的鐵瓶大雜院發生殺人事件後，住民相繼失蹤，是連續殺人案？抑或另有陰謀？負責辦案的是怕麻煩的小官井筒平四郎，協助他破案的是聰明的美少年弓之助。本故事架構很特別，作者先在冒頭分別記述五則故事，然後以一篇長篇與之結合，構成完整的長篇小說。以人情、推理並重的時代推理傑作。

28. 《終日》（長篇，二〇〇五年一月出版／26・27）「糊塗蟲系列」第二集。故事架構與第一集一樣，在冒頭先記述四則故事，然後與長篇結合。負責辦案的是糊塗蟲井筒平四郎，協助破案的除了弓之助之外，回向院茂七的部下政五郎也登場，作者企圖把本系列複雜化，或許將來作者會將幾個系列納爲一大系列。也是人情、推理並重的時代推理小說。

以上三系列都是屬於時代推理小說。案發地點都在深川，但是每系列各具特色，有以風情詩取勝，也有以人際關係取勝，也有怪異現象取勝，作者實爲用心良苦。宮部美幸另有四部不同風格的時代小說。

29. 《扮鬼臉》（長篇，二〇〇二年三月出版／23）深川的料理店「舟屋」主人的獨生女阿鈴發燒病倒，某日一個小女孩來到其病榻旁，對她扮鬼臉，之後在阿鈴的病榻旁連續發生可怕又可笑的不可思議的事，於是阿鈴與他人看不見的靈異交流。一部令人感動的時代奇幻小說佳作。

30. 《怪》（奇幻短篇集，二〇〇〇年七月出版）。

31. 《鎌鼬》（人情短篇集，一九九二年一月出版）。

32. 《忍耐箱》（人情短篇集，一九九六年十一月出版／41）。

33. 《孤宿之人》（長篇，二〇〇五年出版／28・29）。

三、奇幻小說系統的作品

史蒂芬・金的恐怖小說和奇幻小說《哈利波特》成爲世界暢銷書後，原處於日本大眾文學邊緣的奇幻小說獲得成長發展的機會，漸漸確立其獨立地位，而宮部美幸的奇幻小說就在這欣欣向榮的機運中誕生。她的奇幻作品特徵是超越領域與推理小說結合。

34.《龍眠》（長篇，一九九一年二月出版／04）榮獲第四十五屆日本推理作家協會獎的長篇獎。週刊記者高坂昭吾在颱風夜駕車回東京的途中遇到十五歲的少年稻村愼司，少年告訴記者「我擁有超能力。」他能夠透視他人心理，愼司爲了證明自己的超能力，談起幾個鐘頭前發生的事件眞相，從此兩人被捲入陰謀。是一部以超能力爲題材的奇幻推理傑作，宮部早期代表作。

35.《十字火焰》（長篇，一九九八年十一月出版／17・18）青木淳子具有「念力放火」的超能力。有一天她撞見了四名年輕人欲殺害人，淳子手腕交叉從掌中噴出火焰殺害了其中的三個人，另一個逃走了。勘查現場的石津知佳子刑警，發現焚燒屍體的情況與去年的燒殺案十分類似。也是一部以超能力爲題材的奇幻推理大作。

36.《蒲生邸事件》（長篇，一九九六年十月出版／14）榮獲第十八屆日本ＳＦ大獎。尾崎高史爲了應考升學補習班上京，其投宿的飯店發生火災，因而被一名具有「時間旅行」的超能力者平田次郎搭救到一九三六年二月二十六日的二・二六事件（近衛軍叛亂事件）現場，兩名來自未來的訪客能否阻止起義而改變歷史？也是一部以超能力爲題材的奇幻推理大作。

37.《勇者物語—Brave Story》（八十萬字長篇，二〇〇三年三月出版／24・25）念小學五年級的三谷亘的父母不和，正在鬧離婚，有一天他幻聽到少女的聲音，決心改變不幸的雙親命運，打開幽靈大廈的門，進入「幻界」到「命運之塔」。全書是記述三谷鉡的冒險歷程。一部異界冒險小說大作。

除了以上四部大作之外，屬於奇幻小說的作品尚有以下四部：

38.《鴿笛草》（中篇集，一九九五年九月出版）。

39.《僞夢1》（中篇集，二〇〇一年十一月出版）。

40.《僞夢2》（中篇集，二〇〇三年三月出版）。

41.《ICO——霧之城》（長篇，二〇〇四年六月出版）。

以上三十九部是小說。另有四部非小說類從略。

如此將宮部美幸自一九八六年出道以來，一直到二〇〇五年底所出版的作品，歸類爲三系統後，再按時序排列，便很容易看出作者二十年來的創作軌跡，也可預見今後的創作方向。請讀者欣賞現代，期待未來。

二〇〇七·十二·十二

本文作者簡介

傅博

文藝評論家。另有筆名島崎博、黃淮。一九三三年出生，台南市人。於早稻田大學研究所專攻金融經濟。在日二十五年以島崎博之名撰寫作家書誌、文化時評等。曾任推理雜誌《幻影城》總編輯。一九七九年底回台定居。主編「日本十大推理名著全集」、「日本推理名著大展」、「日本名探推理系列」以及「日本文學選集」（合計四十冊，希代出版）。二〇〇九年出版《謎詭・偵探・推理——日本推理作家與作品》（獨步文化），是台灣最具權威的日本推理小說評論文集。

第一篇

不需要回答

1

那名男子佇立在返照盛夏豔陽的柏油路上，背對翠綠的銀杏路樹，彷如一株枯木。千賀子走近時，男子既沒笑，也沒點頭問好，更沒伸手調鬆領帶，只靜靜凝睇她。眼神恍若動物園裡思念故鄉的大象，帶著一絲哀愁。

好像在什麼地方看過這張臉孔，千賀子暗忖。來到能夠交談的距離時，她才憶起。

半年前，那件事發生後，兩人曾在大樓的出入口打過照面。準備外出的千賀子，要打開正面玄關的自動鎖大門時，發現門外有人，立刻停步。

那名男子與約莫三十歲的青年站在對講機旁，向某住戶發話。

「森永家嗎？我們是丸之內中央署的瀧口與神田。」

森永夫婦的其中一人答覆後，伴隨喀嚓一聲，電子鎖解除。千賀子推開沉重的大門，讓刑警先過。

「多謝。」男子說。「小姐也住這邊嗎？」

「是的。」千賀子應道。「抱歉，剛剛沒馬上替兩位開門。」

男子微微一笑。「不，這樣才對。說不定我們心懷不軌，假裝跟對講機那頭交談，其實是等人開門，伺機入侵。沒弄清楚對方是眞有事找大樓內的住戶，並已徵得同意進入前，別輕易發揮善心，要不然裝自動上鎖的大門可就失去意義。」

「您的意思是，設備再好，沒妥善使用一樣無法發揮功效，對吧？」

「沒錯。」

留下這句話，兩名刑警踏進電梯間。千賀子步出門外。她告訴自己，千萬不能回頭。

千賀子仍清楚記得那幕情景。當時的種種，歷歷在目。因爲那是她協助犯案後，直接與警方接觸的唯一機會。

如今，那名男子再度出現，且是爲她而來。

「您是羽田千賀子小姐吧？」

男子沉穩地問，千賀子點點頭。

「電話裡提過，敝姓瀧口，是丸之內中央署的刑警。有些事想請教。」

天氣這麼熱，男子居然還一身深褐色西裝。他從上衣內袋取出黑色筆記本，給千賀子看一眼。

千賀子再次頷首。

「不好意思，占用您寶貴的午休時間。午飯打算怎麼辦？」

「沒關係，我不太想吃。」

心臟像四處尋覓出路的膽小動物，嘈嘈怦跳。刑警先生，這事應該不需要邊用餐邊談吧？千賀子差點脫口而出。

她忖度，現在下定論過早，自亂陣腳可不行。

「那找家咖啡廳坐吧。」

千賀子思索片刻，搖頭拒絕。這時候，附近的咖啡廳滿是同事，她不願招惹多餘的好奇眼光。更何況，她不希望遭人目睹就捕的模樣。這念頭掠過腦海，她不禁背脊發寒。

「前面樹下有張長椅，頗陰涼的……」

她只擠得出沙啞的聲音，眞是難堪。她激勵自己，盡量裝作若無其事。

「不過，刑警先生喜歡有冷氣的地方吧？」

瀧口察覺千賀子話中的含意，笑容可掬地回答：

「我不排斥戶外，請別在意我這身破西裝。」

「您不熱嗎？」

周遭的男職員都只穿一件襯衫，甚至捲起袖子。女職員也脫去制服背心，以輕便的短袖襯衫在外頭行走。今天氣溫一樣超過三十度。

「等妳到我這年紀便會明白，老人夏天也不太流汗。」

瀧口語氣輕快，千賀子不由得微笑。

「那我去買個涼的，雖然公司自動販賣機沒特別的飲料。您想喝什麼？」

「能給我不含碳酸的嗎？」瀧口指著胃部，「這傢伙很弱。」

千賀子右轉回公司，清楚意識到瀧口的目光緊緊跟隨，走了五、六步，瀧口出聲叫喚：

「還是我去吧，這樣比較好。」

千賀子駐足原地，而後轉過身。看瀧口的神情，似乎一直在等她回頭。

「我已從森永夫婦那裡得知妳的事。」

他的語調無比沉穩，周圍的景色霎時自千賀子腦中消失。

「是嘛……刑警先生，我不會逃。」

說完，千賀子倒抽口氣，想收回剛才的話。

「我明白。」瀧口不疾不徐地應著，眼神依舊猶如恍惚的大象。「妳不會逃，妳是個了不起的人。」

千賀子衝進公司買兩罐柳橙汁，又衝回原地，活像替父母跑腿的小孩。

交給瀧口直冒水珠的冷飲罐後，千賀子問：

「您怎麼知道？」

2

冬天——

那是一月中旬，一個下著冰雨的夜晚。千賀子與神崎繫約在新宿某高樓大廈的頂樓酒吧。儘管同踩在吧檯椅的踏桿上，並肩而坐，近到幾乎耳鬢廝磨，兩人內心卻相隔百萬光年之遙。

神崎提出分手。

他的一字一句都像冰雨，冷冷地濕透千賀子的心。然而，由於缺乏明確的形體，並未鬱積胸口，隨即融化流逝。對千賀子來說，沒有比這更難以捉摸、更費解的話語。

「我哪裡不好嗎？」

千賀子反問。她極力想弄清神崎話中的含意，認爲仍有轉圜的餘地。

「請具體告訴我，什麼地方不對。哪點讓你不滿意？我會改，一定會改。好不好？」

神崎拿起盛著琴蕾（註）的高酒杯，望向櫃檯彼端，思索片刻。再度開口時，他的嗓音低沉，恍如從遠處傳來。

「一定會改……是吧？就是這點不行。」

「怎麼說？」

神崎擱下酒杯，但沒打算面對千賀子。

「重點在自主性。兩年來，妳簡直像我的影子。既不曾反對我的話，連服裝、髮型、要一起看的電影、閱讀的書，全配合我的喜好。」

「我想這麼做啊，眞的。」

「爲了討我歡心嗎？」

「嗯，只是這樣。」

註：gimlet，雞尾酒名。

「只是這樣？講這話不覺得怪嗎？妳的想法呢？難道妳從未按自己意願行動？」

「我不過是想追隨你喜歡的生活方式。」

神崎長嘆一聲。那是比遭到訓斥、嘲笑，更加無力的嘆息。

「我們是兩條平行線。」神崎再度執起酒杯。「說得極端點，我不想找自己的複製人當女朋友。我們一次也沒爭吵過，實在太不自然。妳不覺得詭異嗎？」

千賀子咬著顫抖的雙唇。

「有人就是各方面都很相似啊。某些感情和睦的夫妻，甚至長得像兄妹。」

神崎注視前方。「確實如此，但他們並非刻意，而是自然的結果。」

「我也是啊。」

「不，妳那不叫自然。或許妳這麼以為，其實是自欺欺人罷了。我全瞧在眼裡，所以……」

千賀子已有準備。這是女人與生俱來的最後本能，遭受重大打擊前會先封閉心扉。

然而，那句話彷彿穿透心扉，傳進她耳中。

「對我來說，妳是沉重的負擔。」

千賀子雙手掩面，眼底突地一熱。

酒吧裡充斥著窸窣呢喃，千賀子闔眸任黑暗吞沒。身處這柔和間接照明彩繪而成的場所，人們會如此軟聲喁喁，唯有在享受言談時——只想讓某個人聽見唇際流洩的話語時——她一直深信不疑。

現下，神崎的輕聲細語，宛若向全世界宣布兩人分手的事實，且問題出在千賀子身上。

她明白這就像把風往回推一樣徒勞，仍忍不住脫口：

「求求你，別分手。」

沒等到回應，千賀子睜開眼，抬頭望向神崎的側臉。他看都不看千賀子，舉杯飲盡琴蕾。

千賀子曉悟，這便是回答。神崎不會再招來酒保，多點一杯琴蕾。兩人並肩共飲的酒杯，將永遠空在那裡。一切到此結束。

「這也是爲妳好。」他低語。「我不是暴君，不會因妳變成喜愛的人偶而滿足。」

神崎要送千賀子回家，但她一口回絕，獨自留在酒吧。櫃檯前方的鏡子，映照出她孤單的身影。

打擊太大，流不出淚的她茫然啜著紅酒，聆聽店內播放的古典樂。

對了，「我不喜歡女人喝酒，不過女人喝紅酒倒挺可愛的」，講這話的也是神崎。

神崎竟認爲我是重擔，是他的影子。

「可是，讓我變成這樣的，就是神崎你啊。」千賀子心底一隅傳來反駁。

透過玻璃窗俯瞰東京，外頭依舊下著冰雨。千賀子暗想，天空是在代替我哭泣吧。

3

乾脆一死了之。不久，千賀子興起這個念頭。

在這點上，神崎或許眞的說中了。一旦失去神崎，她便一無所有。

現下她需要的，只有學著看破，及等待時機。在酒吧與神崎分手後，每天每天，她彷彿僅以此爲目標尋尋覓覓地活著。

一早起床，到公司上班。工作，午休，再工作，然後返回大樓裡的單身住處。出外採買，做飯，洗碗，倒垃圾。

就寢前，攤開信紙想寫遺書，可是拿起筆，腦中淨浮現歡樂的過往，她不得不停手。明明一切都已結束，什麼也無法挽回，卻懷抱著說不定能重修舊好的可悲希望。同樣的情形反覆上演。

分手一星期後，週五夜晚再度來臨，千賀子依然深陷此種狀態。

以前，這個時刻她總和神崎膩在一塊，從未獨自返家。即使神崎忙得抽不開身，取消約會，心情上還是覺得神崎和她在一起。她找尋適合神崎的領帶，購買他讚譽有加的書，試煮他喜歡的菜餚。倘若味道不錯，等神崎到她住處時，便下廚大顯身手。

她孤伶伶地走下車站樓梯，往天橋前進，空洞的腳步聲迴響。包括今天在內，連續四天她都穿同一雙鞋。這種事已不重要。

踏上天橋，一陣幾欲劃破臉頰的寒風襲來。

湊向扶手，底下車輛川流不息。她心想，從這裡跳下，不曉得會怎樣？造成別人的困擾不太好吧？要是引發車禍，連累不相干的人，神崎絕不會同情我。

搭著扶手的指頭凍得失去知覺，千賀子仍動也不動。

驀地，右手邊一家明亮的店映入眼中。

站前商店街上，這家掛著「下町名產和泉屋人形燒」特大號看板的店尤其醒目，雜誌和電視都介紹過，是這一帶遠近馳名的老店。此刻，店頭有個身材矮小的顧客。

啊，又是那個人。千賀子猛然發覺。

那名年近七旬、頭髮花白，有點駝背的男子，大概是鎮上的居民吧。千賀子不時撞見他來買人形燒回家。

他總是一身暗色西裝，穿著笨重的皮鞋，左手拎著像是放便當盒的小提袋。

他指著櫥窗跟店員說話。我要這個、這個，還有這個。店員微笑點頭，逐一裝盒。直到男子接過，付完錢邁向大路，千賀子始終在一旁靜靜觀察。

男子微駝的身影已消失。

千賀子對這不知姓名的初老男子十分有好感。每到週末便買人形燒的上班族，應該是家中有酷愛甜食的太太或孩子滿心歡喜地期待著吧。然後，全家圍著桌子或輕鬆坐在沙發上一起享用。

這與千賀子夢寐以求的生活極為相近。若和神崎共組家庭，一定也能跟他們一樣吧。欣羨之餘，有次到神崎住處前，她甚至特地去買那家店的人形燒。

不料，神崎說「我討厭甜食」，她只好原封不動帶回家。即使如此，還是很幸福，她覺得向神崎傳達了自己的夢想。

任憑寒風吹拂，千賀子在天橋上憶起當時的情景。

她步下樓梯，朝大樓走去。拉緊大衣衣領，皮包滑落肩頭，鞋跟發出空虛的聲響，生平第一次，她在街頭落淚。

幕已落，不可能再拉起。她終於明白，不管如何叫喚，神崎都不會搭理。千賀子虛脫蹲下，低頭嚎啕大哭。

4

「森永夫婦說，最初是在自家大樓的屋頂上遇見妳。」

瀧口將菸灰撣進果汁空罐，淡淡開口。他抽KENT牌菸。這或許是他全身上下最大的亮點。

「我眞的嚇一跳。」

千賀子雙手撐在長椅上，仰望清澄的藍天。

「我原想尋死，哪曉得森永夫婦早一步抵達。兩人裹著厚衣，全身圓滾滾的，拿著望遠鏡……看星星。」

「不是觀測天象，我們在看星星。」當時森永久子特別強調。「星星可不是觀測用的，痴痴凝望便已足夠。」

「說來眞巧。我吃驚地發現她的丈夫宗一先生，就是那名買人形燒的男子。之後得知兩人和我住同棟大樓，更是詫異。在這之前，我根本毫無所覺。」

「大樓的住戶往往都是這樣。」

語畢，瀧口捻熄菸。

「妳穿得這麼單薄……」

森永久子抬眼凝睇千賀子，寬闊前額微微浮現幾道皺紋。

「妳打算不坐電梯，也不走樓梯，直接往地面跳吧？」

千賀子無言以對，呆立原地。十層高的樓頂，冷風利如刀刃。

「妳是爬圍欄過來的？」

久子一問，千賀子反射性地點點頭。宗一拿著望遠鏡，沉著地注視兩人。

「自殺不是不好，那也算一種悲劇的美。」

久子男人般地搔搔後頸。

「像遲到的小學生一樣爬牆，不覺得難看嗎？攀爬時，內心不空虛嗎？尤其妳還穿著隨風飄揚的漂亮短裙。我警告在先，發現妳屍體的人們，很難不聯想妳露出內褲的模樣。起先雖然會惋惜，眞可憐、這麼想不開，但接下來便會感到好笑。不論目的爲何，年輕女孩不顧形象跨越障礙物的情景，實在太滑稽。」

千賀子轉頭望向兩公尺高的圍欄，爬過來一點都不輕鬆。

目光移回森永夫婦，兩人皆一臉認眞。千賀子應道：

「眞的耶。」

她不自主地噗哧一笑。儘管不是多燦爛，卻是足夠緩解緊繃嘴唇的溫暖笑容。

「妳是美女呢。」

久子露出整齊的皓齒。

「美女有應背負的責任，所以絕不能薄命。要一直活到變成老太婆爲止，讓醜女有機會在心裡罵句『活該』，否則就太不公平了。」

老公，我們走吧。久子轉頭呼喚宗一。

「我泡杯熱可可給妳喝。不嫌棄的話，一塊走吧。」

「您是指嫌棄可可嗎？」

「才不。是指我們夫妻倆。」

這便是千賀子與森永夫婦的邂逅。

森永宗一今年五十九歲，外表比實際年齡蒼老，不僅雙眉摻雜白毛，嘴角也有深邃的法令紋，教千賀子有點吃驚。

不過，宗一的笑容讓人感覺很舒服。他總是笑臉盈盈，不知從事什麼工作？

「我是銀行員。」宗一如此回答，千賀子實在不太能接受。同樣是金融機構，在合作金庫上班還較像這麼回事。

「因爲我家爸爸是一板一眼的上班族。」

久子豁達地說著，嫣然一笑。三十九歲的她雙頰紅潤，氣色遠比千賀子好。染褐的及腰長髮燙成波浪捲，相當適合她。

久子與宗一站在一起時（例如在車站月台上），恐怕沒人會認爲是「差二十歲的夫妻」，而是毫不相干的兩個人吧。以魚比喻，他們宛若生活在不同水層。

久子精明幹練，在澀谷和新宿各擁有一家生意興隆的服飾店。兩人結婚十五年，至今膝下猶虛。

「我最愛吃人形燒。」久子說。「所以，我家爸爸常買回來。」

千賀子喝著熱可可，娓娓傾訴想自殺的理由。森永夫婦並未要她「講來聽聽」，話卻自然脫口而出。每吐露一句，身上沉重的裝備彷彿便卸去一分，有種解放感。

「妳的男友神崎，從事什麼工作？」久子聽完問道。

「新聞記者。」千賀子聳聳肩。「或許是我太單純，在朋友的介紹下第一次見面時，光聽到他的職業，我便十分嚮往。」

「真的很單純。」久子直率地說。沙發上的宗一微微傾前聆聽。

「哪家報社？」

「東京日報，現下轉任同一體系的《Weekly Journal》雜誌。」

見宗一的表情有異，千賀子語帶躊躇。

「他算是機動記者，負責新聞特輯。經濟是他的專長，當初施行消費稅時，忙得不可開交……怎麼了嗎？」

森永夫婦互望一眼，接著久子開口：

「他是不是寫過大京銀行與昭和銀行合併的報導？」

千賀子頷首。「對。雖然他並未直接執筆，但收集資料、採訪，整理後交給定稿者的，確實是他。那是個大案子。」

正好是去年十月的事。藉由合併，兩家都市銀行不論存款總額或分行數，皆躍為業界第一。

「所以，我們幾乎沒辦法約會。」

不過，當時我沒有任何不滿。千賀子在心中喃喃。

宗一將盛著可可的杯子擱一旁，自言自語般說道：

「那是充滿善意的專題報導，彷彿向世人宣布，爲因應銀行國際化，大京昭和銀行已準備順風揚帆出航。」

誠如宗一所言。

「這不是事實嗎？他告訴我，兩者不僅將成爲日本最大的銀行，也引進很棒的設備。採訪中獲知這消息，待合併後，他便馬上在大京昭和銀行開戶。」

「眞會見風轉舵。」久子苦笑。「哪邊勢力大就往哪邊靠，根本無法勝任社會的木鐸（註）。」

「木頭？」

「是木鐸。妳們這些年輕女孩，國學素養實在有待加強。」久子托腮側望千賀子。「所以，才會只透過心上人的眼看這個世界。」

千賀子視線垂落膝頭。

果眞如久子所說，與神崎交往的兩年間，我一直躲在他背後，越過他的肩膀遠眺他指的方向嗎？

仔細回想，「某人和某人生活在不同水層」也是神崎慣用的語法。

「或許就像妳講的……」千賀子悄聲道。「神崎嫌我是重擔。」

久子嗤之以鼻。「那都是放馬後砲，分手總伴隨著許多沒意義的話。不過，能清楚聽到『我們分手吧』，就不需理睬這些藉口。」

「重要的是，這不該由他來說。」宗一從旁插嘴。「羽田小姐，應是妳開口才對。」

千賀子默默思索。憶起與神崎共度的時光，她不禁感到一股類似憤怒的情緒，儘管那只如遠處雷鳴一閃般微弱。

「千賀啊。我能叫妳千賀嗎？」

「嗯。」

久子端正坐好，眼中熠熠生輝。

「妳要不要參加我和我家爸爸的計畫？」

5

森永夫婦計畫盜取大京昭和銀行兩千萬日圓。

「金額僅是粗估，實際上或許會少一些。只要證明我們能從那間銀行詐騙超過一千萬的大筆現金就行。」

千賀子聞言，頻頻眨眼。她原以爲要討論人生方向，不料對方竟突然提起犯罪計畫。

「這麼做的動機是……？」

註：比喻宣揚教化的人。《論語．八佾》：「天將以夫子爲木鐸。」

說明前，久子從一旁的小抽屜拿出香菸，點燃。那是細長的薄荷菸，氣味清香。

「我家爸爸深愛他任職的銀行，想好好整頓後再請辭。」

千賀子望向宗一。「森永先生在大京昭和銀行工作嗎？」

宗一莞爾一笑。「是大京銀行，從三十六年前起。」

「老公，現在是大京昭和銀行。」久子作勢拍肩。「我一直告訴他，反正明年就得退休，乾脆早點請辭算了。」

「我也這麼打算，因爲想趁有力氣的時候做一些事。」

「老公，你還年輕得很。」久子開朗道。

千賀子來回打量森永夫婦，接著目光移向四周。

清一色冰冷白牆，完美襯托出室內設計。家具全是琥珀色木材，擦拭得光亮如鏡。連隨意擺放的立燈，也似千賀子常翻閱的型錄雜誌中「拿年終獎金犒賞自己」這類標題下的商品。

難以想像兩人經濟上有困難。缺錢的話，神情應該不會如此朝氣蓬勃。

「您說要好好整頓銀行才辭職……爲什麼？」

與笑吟吟的久子對視一眼，宗一答道：

「他們欺騙大眾，撒下漫天大謊。而妳那當記者的前男友，在這層面上，也算羅織謊言的共犯。」

瀧口和千賀子一同仰望天空。

如前所述，他的前額和後頸完全沒冒汗，一副神清氣爽的模樣。

「案發時，我聽銀行負責人解釋過，這次再請森永先生親口說明，我仍不太懂。羽田小姐明白嗎？」

千賀子輕輕一笑。「我大致了解，才會出手幫忙。」

她答得自然，走到這一步已不需隱瞞。

瀧口摸向毛髮稀疏的腦袋。「我和森永宗一先生同世代，但想法似乎不太一樣。」

「可能是警察局不像銀行那麼電腦化吧。」

當時，宗一仔細而客氣地為她講解一切。

「羽田小姐有金融卡吧？這東西小學生也會用，簡單又方便。只要插入卡片、按下密碼，就能提錢。我年輕時，過程全得靠銀行員手動作業，這世界真是進步。」

千賀子上班後的第一份薪水，便是以金融卡提領。就像沒人會在打開日光燈的瞬間想起是愛迪生的功勞，金融卡的存在同樣理所當然。

「密碼式金融卡與自動提款機，最早應該是在一九六九年十二月由住友銀行的新宿分行所引進。那已是二十多年前的事，羽田小姐這世代的人，大概無法想像沒有金融卡的生活吧。」

宗一以看待親生女兒般的神情，對千賀子說。

「不過，其實大家都不清楚提款機的構造。為什麼光按下密碼，現金就能準確地從人們的帳戶儲匯？換言之，電腦如何確認持卡者的身分？」

宗一恍若重返年輕，語調充滿活力。

「方法不少，較具代表性的有三種。國內大多只採用這幾種方法。」

久子遞過便條紙和鉛筆。宗一將紙移至千賀子看得清楚的位置，拿鉛筆解釋起來。

「其中一種相當原始。將密碼和帳號等資料共七十二位數依固定格式排列，事先寫入金融卡的磁條。存款人想提錢時，就把卡片插進機器，按下密碼。」

宗一簡單在紙上畫下代表「主電腦」的四方形，與「提款機」的小四方形。中間以一條線聯結，寫著「連線」。

「這時候，主電腦僅能透過連線詢問帳戶及餘額。所謂的餘額，即爲帳戶裡是否有足夠的錢支付客戶要提領的現金。」

千賀子盯著便條紙，納悶地側頭。

「不詢問密碼嗎？這樣感覺沒什麼用處。」

森永夫婦彷彿看著考試得滿分的孩子。

「一點都沒錯。主電腦並不詢問密碼，僅在提款機內進行確認。」

宗一在提款機的圖示裡補上半圓。

「如羽田小姐所說，這沒啥效用，因爲……」

主電腦不檢查密碼。所以，客戶輸入的數字若與金融卡儲存的一致，視同通過本人確認，當然無法防範金融卡遭僞造。只要掌握帳號，並使用與眞卡一樣的格式，有心人就能利用自己寫入的密碼盜領。

「在此種情況下，製作僞卡面臨的難題，便是如何收集密碼以外的必要資料，像帳號之類的。

不過，這對銀行內部職員簡直易如反掌，否則多費點心思，捨得花錢的話也能輕鬆獲取。領錢時，提款機不是會列印明細表？最近供同時提款補摺的機器雖然增加許多，使用者卻不見得總是隨身攜帶金融卡和存款簿，但搜一下旁邊垃圾桶裡成堆的棄置明細表，即可手到擒來。」

「眞的嗎？」

頭一次聽說這回事，之前從未特別留意。千賀子純粹覺得這屬於個人隱私，好比劃除收件者才丟掉信封，她會先撕碎明細表。此刻，她十分慶幸向來有此習慣。

「沒錯。只是，由於必備讀卡機，多少得撒點錢。」

「有辦法弄到手嗎？」

宗一重重點頭。「嗯。以前一度在市面上販售，現下大概較不好找。老實說，我也有一台，價值七十五萬圓。此外，還需寫入磁帶的編碼器，及刻印卡片的打碼機，這些一般通路都買得到，甚至擁有可愛的商品名稱。」

千賀子益發侷促不安。她覷向久子，久子誇耀般地回以一笑。

「這個確認密碼上的漏洞，多次引發金融卡僞造案，其中不乏銀行職員監守自盜，及以半遊戲心態犯案的電腦駭客。一九八一年，近畿相互銀行的退休員工私製僞卡，擅領客戶存款，挑動大眾對金融體系的不信任感，掀起一陣軒然大波。共損失約兩千萬圓，但這與金額大小無關，戶頭不知不覺遭提領一空，任誰都會驚惶無措。」

於是……宗一說著，取過新的便條紙。「取代這種有缺陷的舊方法，全新的密碼驗證法問世。分別是黑箱式和零碼式，兩者原理十分相似。」

黑箱式並未直接援用金融卡寫入的密碼，而是摻進其他數字形成暗號。不過，解讀及確認的工作仍在提款機內部進行，不經主電腦。

「零碼式則複雜許多，在原該寫入四位數密碼的地方，先擺上四個零，且由主電腦檢驗顧客輸入的密碼。」

「對，原則如此。」

千賀子側頭不解。「可是，這麼一來兩者不就出現歧異？僅有零碼式透過主電腦篩檢。」

宗一狀甚開心地搓著手。

「其實不然。銀行宣稱『我們採用零碼式，敬請放心』，實際上仍是在金融卡磁帶寫入密碼。當然，並非直接寫入，而是改成乍看無法瞧出端倪的暗號，但確認密碼的步驟，依舊由提款機內部執行，換湯不換藥。」

千賀子瞠目結舌。「您調查過此事？」

「是的，且駭客常看的地下雜誌，也曾刊載這份報告。那些號稱採取零碼式的大銀行，幾乎都將就使用黑箱式。」

千賀子傻眼。「爲什麼扯這種謊？」

久子毫不掩飾地回應：「因爲很花錢啊。」

宗一頻頻點頭。「沒錯，眞是一針見血。變更系統需耗費莫大的金錢和人力，在現今競爭激烈的金融界，完全更新要有相當的決心，而且……」他傾身向前。「即便付諸實行，一般客戶也不懂其中價值。剛才我講的那些情況，普通使用提款機的民眾會注意到嗎？不，才不。只要機器能吐出錢、帳戶沒異狀，在出什麼大差錯前，誰都不會多想。」

久子抽著菸，歌唱似地低語：

「若不必擔憂在顧客面前露出馬腳，商人總能睜眼說瞎話。」

宗一苦笑：「妳的服飾店可別這樣搞。」

「這個嘛……」久子莞爾。宗一搞笑皺起眉，繼續道：

「不僅如此，在這種情況下，眞按規矩來，有時客戶還會抱怨。」

宗一再度畫起主電腦的圖。

「以常識想想就能明白，透過數量有限的主電腦，與透過各店附設的多台提款機確認密碼，處理程序上有落差。相較之下，前者的反應時間較長，也就是說，客戶需等待較久。而面對提款機，往往讓人不禁急躁起來。特別是發薪日和假日前，忍過大排長龍的煎熬，好不容易輪到自己時，螢幕上卻一直顯示『電腦確認中，請稍候』，遲遲不消失，確實煩人。」

千賀子按著胸口，同意他的看法。

「當然，單處理一個人通常只要數分之一秒，或數十分之一秒，時間差可說微乎其微。但使用客戶眾多，若廣大地區裡多人同時操作提款機，執行時間全部累加，妳猜後果將如何？」

宗一緩緩搖頭。

「顧客會對提款機的龜速發飆，就算解釋這是防僞系統，亦只是火上加油。每個人都認爲，提款卡的僞造案和自己無關，反正眞出什麼意外，銀行也沒啥損失吧？不是有保險嘛。最重要的是，你們要以客戶的方便爲優先考量，銀行又不僅此一家。對吧？」

千賀子忍俊不禁。「末尾那句話最恐怖，那可不是開玩笑的。」

宗一話中的梗概逐漸清晰。

大京昭和銀行在合併的同時引進某個全新系統，雖然記得不太清楚，但神崎提過這事。從剛才宗一的說明聽來，那似乎不過是銀行欺瞞大眾的謊言。

「大京昭和銀行引入的 RCA 式不將密碼寫進提款卡，而是透過主電腦進行確認。爲盡量縮短反應時間，還購買最先進的超級電腦。」

千賀子率先插話：「可是實際上並非如此吧？」

「沒錯。硬體更新，軟體仍照舊。大京銀行及昭和銀行所謂『以往採用的方式』，就是我一開始講的第一種方式，連密碼都沒轉化成暗號。千眞萬確。因爲合併後，我請久子到分行開戶，以調查新取得的提款卡。」

「竟然這樣通行多年，眞令人難以置信。」

「這得歸功於接連的好運和巧合。」宗一說。「兩家銀行先前都不曾發生僞卡事件，至少不是世人熟悉的形式。另一方面，倒霉遇上的其他銀行則改採預防措施。人們因而猜想，別家銀行所做的事，這家銀行不可能沒跟著做，即便大京銀行及昭和銀行實際上什麼也沒做，大眾仍會認爲已啓動同樣的防衛機制。世人普遍以爲，匯款手續費是統一費率，銀行間想必有內部協定，而未能看出當中的疏漏。」

「聽起來很蠢吧？」久子說。「這次的合併，明明是矯正這項缺失的大好機會。」

「這又是金錢的害處。」宗一感慨道。「因爲全部都得更新才行，包括信封、複寫單據、招牌、徽章、制服等，將多出上億的支出。且還不是一次便能了事，隨著公司員工增加，看不見的負擔今後會不斷加重。所以像我們這種二線的老員工，紛紛遭到勸退。」

久子別具深意地輕拍宗一的肩。

「羽田小姐，銀行好比軍艦。噸位愈大，轉變航向愈花時間。爲改變方向，需耗費莫大的能源，何況原本就是無法獨力苦撐才選擇合併。當中我認爲最不容易的，即是買下超級電腦。他們明知突然切換成RCA式，壓根是天方夜譚。」

「大概是打算有朝一日要付諸實行吧。」久子回應。「不過，辦不到而裝模作樣是行不通的，我們可不樂見。」

聽到這裡，千賀子終於明白兩人邀她加入的用意。

「你們準備警告民眾，大京昭和銀行的提款卡憑擅自寫入密碼的方式便能製造僞卡，對吧？」

「沒錯，以他們無法湮滅消息的手法證明。」

之前神崎的東京日報特輯報導，還刻意替大京昭和銀行的漫天大謊廣爲宣傳。不知是太過信任媒體，抑或對銀行公關部門的話照單全收，不管怎樣，都過於天真。

所以，他們邀千賀子入夥。剛才對神崎隱隱的憤怒，以略微顯見的形式再度浮現。

「如何，要不要參加？」久子執起千賀子的手。「妳那似乎無所不知的男友會完全信任別人的話，表示他內心有忠厚老實的部分，這點我很清楚。」

千賀子口吻平靜地更正。「是前男友。」

「我們的目的不是錢。」宗一語氣堅定。「倒不如說，我們想趕在有人爲錢犯下大案前，拉銀行一把。不，是要拯救我的同僚。萬一眞發生什麼狀況，最難過的是身處第一線的他們，不是那些以爲這種謊言行得通的幹部。」

「計畫早擬好，只缺人手。我們不勉強，妳好好考慮。不過，關於這事……」

久子豎起食指，湊向唇前。千賀子向他們保證會保密。

6

「我整整考慮三天才接受這項邀約，助他們一臂之力。」千賀子說。

「可有什麼讓妳下定決心的契機？」瀧口問。

千賀子燦然一笑。「是一則職棒新聞。」

「電視報導嗎？」

「是的。神崎非常喜歡棒球，是巨人隊的死忠球迷。不過，畢竟工作優先，有時難免無法收看實況轉播或得知最終比數。所以他總要我留意職棒新聞，如此打通電話便能即時問出賽果。我甚至還幫他做剪報。」

瀧口一副匪夷所思的神情。「這怎會成爲妳下定決心的原因？」

「我是棒球白痴。雖然知道得分和勝負，卻對規則一竅不通，從不覺得球賽有趣。」

很怪吧，千賀子朝瀧口一笑。

「可是，和他分手後，我每晚看職棒新聞。然而當時球季已結束，我幾乎每天重覆看同樣的比賽，實在無趣。意識到自己這樣的行徑，任誰都會覺得羞恥吧。於是，我決心揮除神崎繫留下的陰影。」

計畫已擬定，形式上是種自稱遭綁架的手法。人質為森永宗一，而贖金請求的對象，則是大京昭和銀行。

行動前，宗一預備好偽造的提款卡，久子與千賀子分頭買齊喬裝所需的服裝和假髮，並到必要的場所探勘。

宗一在銀行裡始終擔任外勤，沒待過其他部門。

「年輕時，展現外勤業績是出人頭地的捷徑，到我這年紀還在外頭奔波，表示已沒其他用處。」

為方便執行計畫，宗一將任內負責的區域和常走的路線，詳細告訴久子和千賀子。當中該是銀行大客戶的法人與商店少得可憐，大部分是社區或住宅地。一些要照顧幼兒而抽不出空外出辦事的年輕媽媽，想小額提款或支付水電費之類的費用，只要一通電話宗一便馬上到府服務。有些獨居老人也將匯進戶頭的年金交由宗一管理。

「不少長輩覺得上銀行是麻煩事，好不容易去一趟，卻不會操作機器。」

在這些客戶眼底，宗一這樣的外勤職員就像貴人。但對銀行來說，他只是業績不佳的行員，所以完全沒發現宗一熟諳電腦，且興趣濃厚，不斷吸收電腦新知——其實他們根本不想去發現。

「所謂的組織，並非在認同某人的能力後安插他的位子。而是先安排好位子，才開發他適合的能力，或套進固定的框架內。」

這話神崎常掛在嘴邊。他還說，正因如此，更必須把握訣竅，好坐上想要的位子。

宗一收集的電腦設備，並未擺在夫婦倆的住處。那地方是久子買來投資用的套房，爲了避稅，她甚至換掉屋主的名稱。

「要是讓國稅局查到可就麻煩。千賀子，妳千萬別去告密。」

宗一便躲在那裡僞造提款卡，共製作二十張。

從銀行帶回所需資料，操作終端機就能輕鬆調出資料。考量到後續的問題，他刻意撿兩張棄置的提款機明細表，擷取資料並加以保存。

「因爲必須解釋我是透過這種方式取得資料。」

二十名隨機挑出的顧客，皆在大京昭和銀行的分行設有帳戶，而且定期有相當程度的帳目進出。換言之，只要保持活動的帳戶，任何人都行。

年齡、職業、性別都不一樣，連開戶的分行也不同。當然，這些人和森永夫婦、千賀子沒半點關係，亦素未謀面。

唯有一人除外。

「我想借用神崎先生的帳戶。」久子提議。「千賀子，好嗎？他是那二十人之一。」

千賀子同意，並爲那張拿來提領神崎戶頭錢的僞卡設密碼。

昭和四十年七月七日，4077。她的生日。

「千賀子，原來妳是七夕出生的啊。」

千賀子心想，神崎應該早已忘記這件事。

7

最後決定在二月十四日，月中的星期三動手。宗一說，選在月初、月底、假日後或週末，對第一線的銀行員較過意不去。

前一天的十三號晚上，宗一便失去下落。他留腳踏車在附近車站的單車停車場，到站內廁所換上久子寄放在投幣式置物櫃的衣服，將脫下的衣物塞回置物櫃後，藏身於擺設電腦的套房。

入夜後，久子取得置物櫃的鑰匙，前往車站把櫃裡的衣物丟進不遠處的大型超商垃圾桶。接著打電話給大京昭和銀行分行，透過變聲器簡短提出要求。

我綁架了貴行城東分行的職員森永宗一，請馬上準備贖金五千萬。至於交錢的方式，我會再與你們聯絡。若想確認這起綁架是否屬實，可到**JR**線××站的單車停車場，及××超商城東店的垃圾桶看看。不准報警。

「就算叫他們不准報警，他們也不會聽。」久子說。「我家爸爸體格瘦弱，當肉票最適合了。」

久子打完電話，千賀子便接過變聲器帶回住處。不到一小時後，銀行的相關人員和警察大概就會趕到久子家。

當晚，千賀子毫無胃口。她注視著時鐘，等約定的九點鐘一到，隨即撥打大京昭和銀行分行的服務電話。經變聲器轉換，她嗓音如男人般粗啞。

話筒傳來對方的驚惶，宗一的腳踏車和衣服想必已經確認。千賀子知道警方會反向偵測，迅速交代完畢。

若不付錢，馬上撕票，五千萬贖金都得是一萬圓舊鈔。當對方懇求「我們一定會付款，請不要危害人質」時，她便掛上電話。

依宗一的解釋，指定鈔票種類是要拖延時間，避免對方太快察覺他們是利用提款機犯案。

十一點剛過，千賀子隨即搭車前往宗一所待的大樓。爲了此刻，前一天她向朋友借來這輛小客車。

宗一換上久子準備的舊運動服，說是非常久以前在二手店買的。

「很冷吧？」

「沒什麼，才一個晚上。」

宗一縮著身體坐進小客車狹窄的後座。車子開往千葉縣的縣境。森永夫婦從熟識的房屋仲介那裡得知，江戶川區一帶有間廢屋。據說是親族爲遺產繼承起紛爭，最後想賣也賣不掉，想拆也拆不成。那四周人煙稀少，但千賀子仍戴上假髮和太陽眼鏡，並以泥巴弄髒車牌。

抵達後，她拿繩子綑縛宗一。身爲女人的她原就沒什麼力氣，加上膽怯，始終無法綁緊，好不容易在宗一的鼓勵下完工，把布條塞進他嘴裡。

千賀子離開時，宗一不斷點頭，彷彿在告訴她「沒事的」。

將車子物歸原主後，千賀子頭一次單獨到與神崎分手的酒吧，喝掉兩杯瑪格麗特。

深夜兩點返回大樓住處時，只見電梯間有名表情嚴肅、一看就像刑警的男子。千賀子心想，應該是來站崗的。對方問她是誰，她告知姓名和房間號碼，感覺自己鼻孔呼出濃濃酒味。

千賀子頭倚牆壁等待電梯，進去時，那刑警還扶她一把。她道了聲謝。

隔天，取贖金的時刻來臨。

按原計畫，應該是充當人質的宗一喬裝前往領錢。但那太過危險，千賀子說服森永夫婦，由她負責這項工作。

「只是提錢而已。」

「可是，從指定戶頭提領時，系統會檢查使用哪家分行的提款機。當然，這不是短短幾秒就能得知的，且等提款機判別後，警察趕來又會花上一段時間，但還是很冒險，不能讓羽田小姐來做。」

「我的腳程較快，請交給我。反正都走到這一步了。」

早上八點起床，喝下兩杯濃咖啡，千賀子將衣服和假髮等所需物品塞進波士頓包後出發。這次沒遇見警察。

她直接到東京的商務旅館辦入住。在房內換裝、戴假髮、抹濃妝，戴上太陽眼鏡後，將宗一製作的僞卡、預定使用的提款機一覽表、隨身錄音機與錄音帶放進包包，離開旅館。

宗一的計畫，是要求銀行將贖金以八十萬圓（提款機一次能提領的最大額度）爲單位，分別匯入僞卡的二十個帳戶。

現今銀行的匯款業務全賴電腦線上作業。換句話說，只要大京昭和銀行方面敲打鍵盤，輸入指令，主電腦處理完畢的瞬間，也就是短短數十秒後，錢便會匯入戶頭。過往蔚爲話題的三和銀行女職員盜領案，同樣是利用即時處理的特點。

上午九點整，千賀子撥打第一通電話。她使用公共電話，地點則是第一次提錢的那台提款機所在的分行正門前。由於不需要聽對方如何回應，她默不作聲、屏住呼吸，將錄音機喇叭貼向話筒，按下播放鈕。

宗一透過變聲器錄下內容，告知銀行神崎繁的帳號，指定五分鐘內匯入八十萬圓。類似的內容，他已事先錄好二十份。

千賀子掛斷電話，望向手表。五分鐘後，她推開大京昭和銀行分行的大門。像這種提款區設在櫃檯人員視線死角的分行，自然是特別挑選的。

千賀子面向提款機，感覺雙膝不住顫抖。

為避免出錯，她小心翼翼地揀出「神崎繁」的偽卡，按下「一般提款」，插入卡片。

「請輸入密碼。」

4077。

「請輸入提款金額。」

八十萬圓。

「電腦確認中」的訊息出現。喀噠喀噠、嘰——，喀噠喀噠、嘰——，接著傳來「唰」地數鈔聲。

「請取鈔，謝謝惠顧。」

吐鈔口開啟，送出整疊萬圓紙鈔。千賀子一把抓起，塞到身旁小袋子裡的信封內，丟進包包。

她步出自動門。外頭氣溫雖低，卻是晴朗的好天氣。行人來去匆匆，誰也沒多看她一眼。一切都很完美。

她走向地鐵階梯，準備前往下一個分行。一度回頭，只見冬日陽光柔柔照在剛才那扇自動門上，她甚至沒注意到靠近門邊的人影。

「然後，我打電話要銀行各匯八十萬到那二十個帳戶，再立刻從分行提款機領出現金。」

瀧口點燃KENT菸，在裊裊白煙中瞇起眼睛。

「不過，那二十名帳戶的主人並未蒙受損失，你們僅提領銀行匯入的金額。換句話說，這些帳戶只是轉接站。」

「是的。」

千賀子望著飄過眼前的白煙。

「雖然要求五千萬，但我領完一千六百萬後便罷手……」

「因為你們的目的不是錢。倘若大京昭和銀行真像當初宣傳的採RCA式驗證，就不會發生這種事。你們只想揭露真相，對吧？」

千賀子頷首。

二月十四日深夜，宗一獨自走出荒屋，接受警方的保護和營救。而後，宗一為捏造根本不存在的綁案和歹徒，每天都得扯謊及演戲。

「沒想到那麼順利。」千賀子說，瀧口泛起微笑。

「我一直覺得會露出馬腳，但不是很在乎，怎樣都比死來得強。」

若沒那起案子，若沒認識森永夫婦，我早就死了——千賀子心想。儘管身體仍活在世上，卻心如槁灰，將來墓碑恐怕還會寫上神崎繁的名字，而他大概不會到墳前獻花。

「森永夫婦似乎也不擔憂犯行遭拆穿。」

「高科技犯罪者大多如此。」瀧口苦笑。「彷彿在告訴大家，我辦得到這種事，嚇一跳吧？」

案發不久，他們便將騙得的一千六百萬及二十張僞卡，連同一份以那兩張明細表爲例的說明書，放進JR新宿站東門的投幣式置物櫃。三天後，東西送抵負責此案的搜查總部。之後，始終查不出嫌犯的身分，至今已過半年。

「大京昭和銀行現在好像眞的換成RCA式。不過，我只敢說『好像』。」

瀧口這句話逗笑了千賀子。

「羽田小姐，妳看過《Weekly Journal》的那篇道歉更正報導嗎？讀者抱怨連連，情況相當淒慘呢。」

「是嘛。」

兩人沉默半晌，某處響起蟬鳴。

「您怎麼看出的？」

回答前，瀧口摸向腦杓，後仰伸展身子。「坐太久背好痛，年紀大嘍。」接著才說，「是那個密碼。」

千賀子睜大眼睛。瀧口沒看她，逕自眺望藍天。

「遭盜用帳戶的受害者，經調查得知，彼此沒任何關聯。搜查總部判斷，犯罪集團（我們認爲嫌犯不只一個，且森永先生也提供這樣的證詞）是隨便挑選二十人，而他們與歹徒亦毫無瓜葛。」

「不過，」瀧口突然輕揚嘴角。「當中有個人，僞卡寫入的密碼與原先眞正使用的一致。一模一樣。妳猜是誰？」

千賀子注視著瀧口那略顯疲憊的臉。

「是神崎繁先生。」瀧口說。「他以妳的生日當密碼。」

兩人陷入一陣靜默。盛夏午後，蟬鳴倏忽遠去。

「他開戶時，我們交往得很順利。」

分手後沒變更密碼，只是嫌麻煩。千賀子心想，一定是這樣。大概打一開始，4077對那個人便沒半點意義。

「搜查總部研判純粹是湊巧，神崎先生亦堅稱那是隨意設的密碼，且其餘僞卡也有三位數字和原密碼完全相同的情形，或許眞的是偶然。不過，我認爲神崎先生的是例外，所以案件落幕後，我依然持續調查。」

千賀子沒發現此刻自己臉上掛著微笑。

神崎堅持4077是無意義的拼湊數字，可能是已有新女友吧。當著她的面，他難以坦言那是前女友的生日號碼。不過，多虧他的裝蒜，之前千賀子才沒遭揭穿。

瀧口頭一次伸手拭汗。「嫌犯遺留的證物都徹底清除過指紋，線索少得可憐。從這件案子我們清楚體認到，提款區的監視器根本不管用。」

千賀子撫去制服短裙上微不可見的灰塵。

「不過，您還是循線找上我。」

「的確。」瀧口語氣平靜。「妳害怕被捕嗎？」

「現在會害怕了。」這是她真正的心聲。

「妳不想見神崎先生一面嗎？」瀧口說。「經過這起案子，妳有所改變，或許他也是。妳不想見見他？」

案發後，神崎曾打電話來。他曉得千賀子和森永夫婦住同一棟大樓。他問「你們認識嗎」，千賀子應聲「不認識」，僅止於此。

千賀子闔上眼，腦海浮現冰雨紛飛的那個寒夜。

「那個人已跟我道再見，再見是不需要回答的。」

瀧口沉默。

「走吧。」千賀子站起身。「森永夫婦在警局嗎？我想和他們碰面，抱怨一句『唉，竟然穿幫啦』。」

瀧口笑著仰望千賀子。

「兩人說要去新橋演舞場。夫妻倆一同看戲，羨慕吧。」

他從上衣內袋取出剛才那本黑色筆記，朝千賀子高舉。

「抱歉，這是從文具店買來的。我早在今年三月退休。」

千賀子頓時無言。

瀧口收回筆記本，「嗨咻」一聲站起。

「只因我無法忘情工作，難以就此作罷，所以退休後仍不斷追查，前來拜會妳和森永夫婦。」

千賀子手貼額頭，自然流露微笑。

「很慶幸能和你們見面，我已心滿意足。仔細思索，或許我也是藉這方式，向刑警工作說再見。」

兩人相視一笑。瀧口接著道：

「而再見是不需要回答的。」

他輕拍千賀子肩膀。

「所以，羽田小姐什麼都不必講。」

公司前庭的時鐘指向下午一點。「哎呀，占用這麼久的時間。」瀧口喃喃低語，「再見。」

千賀子默默目送他的背影。

走至樹叢邊，瀧口突然停步回頭。

「啊，對了。告訴我那間人形燒老店在哪好嗎？是和泉屋吧？我老婆愛吃甜點，我想買回家。」

千賀子跑向他身旁，報上地址。瀧口在那本黑色筆記寫下，舉手說「掰掰」便離去。這次他沒回頭，宛若融入盛夏街頭的柏油路面，消失無蹤。

從此以後，千賀子沒再見過他。

第二篇

歡迎來Dulcinea

1

營團地鐵日比谷線的六本木站，是頭頂那條街道產下的畸形兒。骯髒的牆壁，水泥外露的通道。月台的照明，及從內側照亮站名顯示板和廣告的日光燈，全像生意冷清的店家霓虹燈般迷濛。在這裡，樓梯上下是兩個截然不同的世界。

每週五晚上七點整，篠原伸治都會在這個車站下車。他總是一身廉價夾克、牛仔褲，外加運動鞋，和這個車站一樣不起眼。

他走上樓梯，穿過驗票口。打算在六本木好好享受黃金週末的年輕人，逐漸占據車站。當中大半是上班族或粉領族，學生可能也不少。他們或是用心打扮，或是一身高級服飾，輕快地往外走去。

這市街擺出「不歡迎你們這些搭地鐵來的傢伙」的姿態，而人們則一副「我才不是搭地鐵來」的神情，厚著臉皮搭地鐵湧入此地。

將日常生活中煩雜的一切，連同車票一起遞給站務員，接著只要好好享樂就行。而從不知睡眠與無聊為何物的市街，也真的擠滿「不需要地鐵」的人群。

伸治穿過人潮，走近驗票口旁的留言板。

只見大部分是先來的人留下訊息，忿忿不平地告知約會對象，自己先走一步。

伸治拿起粉筆，在空白處寫下留言。每次都是同樣的內容。

「我在Dulcinea等妳　伸治」

就這麼一行字，連對方的名字也沒寫。

伸治步出車站，往俳優座劇場的方向前進，在三河台公園前方左轉。

令人驚訝的是，這種地方竟然有一所國中。附近一棟三層高的小樓房，二樓窗戶旁掛著老舊的招牌，上頭寫著「三輪綜合速記事務所」。

伸治在這家事務所打工，負責錄音帶速記的工作，至今已近半年。

事務所接受各類稿件製作的委託。有客戶送錄音帶來的案子，也有需前往現場錄音的案子，內容五花八門，諸如演講、座談會、雜誌訪談報導等。此外，亦有與小說家簽訂合約，對作品進行口述筆記的案子。

伸治承接過各種內容的錄音帶速記，但基於事務所的考量，他只負責長度約一小時的案子。由於技術不夠純熟，又缺乏實務經驗，太長的內容他恐怕無法應付，要是未能如期交件，僱用他這種外包打工人員就沒意義了。

每週五傍晚前領取錄音帶，隔週五前交件，拿完成的稿子換新的錄音帶，如此不斷循環。三輪事務所營業至晚上八點，週六照常營業，伸治一直遵守這樣的步調，從未延遲。

至於工資，則在月底一次付清。一個月接四卷錄音帶，約六萬圓。伸治算是外包人員，無法領日本速記協會規定的基本工資，且與實際工時相比，過程一點都不輕鬆。

伸治白天就讀於速記學校。自家鄉的高中畢業後，轉眼來東京已是第三年。

週日除外，每天上午十點到下午五點，在學校上速記、文書處理、文章製作的課程。有時他會以臨時講師的身分，爲入門班的學生授課。

這樣的情況下，打工自然只能等入夜進行。有時甚至忙到深夜，趕在期限前夕才完成。由於無暇兼差，就算家裡寄來生活費，日子仍過得相當艱苦。

不管考量到時間或經濟因素，他每天根本擠不出空閒玩樂。所謂的娛樂，頂多只有星期天到老片電影院看電影，或和朋友到新宿一帶的平價小店喝酒。

在六本木車站的留言板留言，也是他在這種生活中發現的一種解悶法。

「Dulcinea」是一家迪斯可舞廳，位於面向六本木通的一棟大樓底下。透過年輕族群的潮流雜誌介紹，及電視深夜節目的特別報導，從去年起迅速竄紅。不少藝人和運動選手是常客。

裝潢豪華、室內設計講究，不僅有斥資千萬的音響與照明設備，更有豐富而精緻的酒類和菜色，尤其是獨創雞尾酒「Dulcinea Love」深受年輕女孩喜愛。

當然，這家店不是任何人都去得成。除收費昂貴外，也謝絕衣著品味不佳的客人。宴席間中階主管隨女部屬前來，卻在門口吃閉門羹的小插曲時有所聞。此外也不招待團體客。

不用說，高中生也不在歡迎之列。大學生符合資格，但沒駕照的男人敬謝不敏。事實上，講得更明白點，這裡拒絕沒私家車的男人進場。

伸治同樣是不受「Dulcinea」歡迎的青年。「好想去一次『Dulcinea』喔。」他身邊也沒有會如此撒嬌的女友。在那家店裡度過週末夜晚的年輕人，在他眼裡宛若異邦人。

其實，伸治連「Dulcinea」的店面是什麼樣子都沒看過。三輪速記與「Dulcinea」夾著車站，位於一百八十度的反方向，所以每個星期五，伸治總背對「Dulcinea」走在六本木上，回程依然不經「Dulcinea」地走下車站。

儘管如此，他仍寫下「我在Dulcinea等妳」。

來搭車回公寓時，這句留言會在原地迎接他，幾小時後便消失在站務員擦拭的手底。

只是這樣，打一開始就沒人會看伸治的留言。

可是，他每週還是寫下相同的留言。向不存在的對象，許下不存在的約定。

只要這麼做，穿著磨損的運動鞋，拿著稿子孤伶伶走在週末繁華的六本木，好像便沒那麼難以忍受。

然而，某天突然有人回應他的留言。

2

那是一月的第二個星期五。伸治送稿子到三輪速記後返回車站，意外發現他的留言旁多一行字，是女性的筆跡。

「你沒去Dulcinea吧?」

望著那行字，伸治呆立半晌。

字跡娟秀，緊挨伸治的留言。

伸治心想，這應該是惡作劇，沒什麼特別含意。

大概是年輕情侶約在車站見面，女方早一步到——這是常有的事。通往車站外的樓梯吹來寒風，冷得她縮起身子。為打發時間，她望向留言板，發現有個和男友同名的人留言「我在Dulcinea等妳　伸治」。

這眞是有趣的偶然，她一時興起在旁邊寫下訊息，然後輕戳遲到的男友胸口，要他瞧瞧。

（好慢喔。）

（抱歉、抱歉。）

可能的情形多得是。

但還是感覺不太舒服。像偷偷摸摸惡作劇卻遭人瞧見，好不尷尬。

伸治一把擦去兩則留言。

當晚回公寓後，伸治完全無心處理新接的錄音帶。他喝著罐裝啤酒，邊看電視播出的深夜電影。

兩天後的星期日，由於考期將近，他在家中閉關，專心練習。

雖非國家考試，日本速記協會主辦的速記技能檢定卻是經文部省（註）承認的。伸治報考一

註：相當於教育部。

級，通過即是一級速記士，可獲得附大頭照的「速記士證」。

這就是他在東京如此拚命的理由。自二十歲通過二級檢定後便一直原地踏步，這是他第四次挑戰一級。

儘管如此，要吃速記士這行飯，倒不一定非通過考試不可。這不是資格考，不參加也沒關係，只要功力夠高就能應付實務工作。簡言之，需要的是實力。

即使以最高分通過一級檢定，但若沒持續從事速記，功力馬上會一落千丈。由於這項技術一半靠頭腦，一半靠身體熟悉，一旦生疏便得從頭練起。

然而，伸治還是相當執著於一級檢定。應該說，他這麼執著，爲的是繼承家業。

伸治的家鄉，是從東京搭特快車約三小時路程的一處地方都市。父親在當地經營一家小型速記事務所，員工只有三名，有時連社長都得帶著錄音機到現場錄音。

不同於東京，媒體相關的案子不多，最重要的客戶是市公所。業務包括製作市議會的會議紀錄，速記公聽會或公共活動的演講內容並整理成文字稿，或承接町議會的委託。守住這些，事務所就能穩健經營，足見工作量之大。

不過，承包條件爲必須是一級速記士。公家機關往往如此，一切崇尚權威。

這麼一來，身爲繼承人的伸治勢必得通過檢定。所以，他在東京的學校念書，明知不划算，仍接下錄音帶速記的打工，希望早日習慣實務作業。

檢定考一年四次，分別是一月、五月、八月、十一月。這回是在一月的最後一個星期日。假如沒考上，便得等到五月。

考試只測術科，考場則在高田馬場的速記學校。拿一級來說，需將十分鐘的朗讀內容，以一分鐘三百二十字的速度記下，然後在一百分鐘內整理為通順的文章（註）。包含錯字、漏字、打錯標點在內，若誤差超過百分之二便不合格。

考試難免失常，三千兩百字只容許錯六十四字，實在嚴苛。有時一緊張，順文章時往往就漏一整行字，甚至整頁跳過。說得嚴重點，速記過程中打個噴嚏，一切努力皆付諸流水。

一級技能檢定的合格率，通常只有百分之十左右。

伸治暗想，這次非考上不可，這是最後的機會。要是失敗，他的鬥志將喪失殆盡。

星期日他全力投入練習，星期一晚上才開始忙打工，幸好這次的錄音帶案子比較簡單。

名為消費生活研究會的社團法人，發行新一系列的宣傳手冊，董事長針對創刊意義和目的進行一場演說。老闆告訴他，可參考對方附上的詳細摘要，並給他幾本寫著「面對推銷請三思」、「擁有信用卡前」等標題的手冊。

老闆特別叮囑，那幾本宣傳手冊樣本可留著，但內容摘要一定要歸還。這常見於向客戶借用機密資料的情況。

聽錄音帶時，伸治恍然大悟「原來如此，內容要是外流就糟了」。當中提到不少鎖定學生和獨

註：先以特殊符號快速記下內容，再轉譯成正確的文字。

居老人推銷黑心商品以牟利的公司。雖然受害者眾多，但只要遊走法律邊緣就不構成犯罪，若這種文件公開可能會挨告。

至於宣傳手冊，即使不是站在工作上的關係來看，也很耐人尋味。像如何擊退糾纏不休的推銷員，便相當值得參考。或許是長得不起眼的緣故，伸治走在街上，常有人上前推銷。

看完翻到背面，只見中央印有社團法人雙掌交叉、呈「×」狀的標幟。伸治心想，我就記下試試吧。

那一週，學校也為檢定考準備特別的課程，學生得以充分練習。伸治晚上還兼做錄音帶速記，每天都與速記為伍。

星期五，他一如往常在六本木下車，一如往常走向留言板，心中略感躊躇。

我還是別再做這種事了。

不過，他心中卻莫名期待，今晚或許會有回應。惡作劇。沒錯，當成惡作劇吧，這街上有人回覆自己的留言，他不可思議地感到喜悅。

最後，他仍寫下留言。而送完稿子回到車站時，他發現這次旁邊又多一行字。

「你眞的在那裡等我嗎？」

3

伸治心想，這絕非偶然。

和上週的回覆相同，纖細的字體略偏右上方，相當女性化。

他寫下留言步出車站，送完稿子再返回，頂多花三十分鐘。不，或許更短。

時間如此短暫，應該不是路人無意間瞥見，一時興起而爲，何況還連續兩週。

伸治腦中閃過的第一個念頭，是某個認識的人恰巧得知他這習慣，故意捉弄他。

不過，還眞是大費周章，爲此專程到六本木未免太麻煩。

若是朋友碰巧撞見伸治在這裡留言，來到看得清內容的距離前，就會先出聲叫他。

寫下回應的，是個陌生人。可是，對方知道我的留言沒有對象。

困惑、羞愧，夾雜些微憤怒，他不禁心跳加快，感覺像房間遭到偷窺。

這時，他身後傳來呼喚聲。

「抱歉……打擾一下。」

轉身一看，一名穿厚質短大衣的女子站在面前。她個頭嬌小，只與伸治肩膀齊高，不過面孔和身材十分豐腴。

伸治無法裝作沒聽到，只好擺出「什麼事？」的表情。豐滿女子的圓臉綻放笑容。

「不好意思，我想去『Dulcinea』，但搞不清在哪裡。您能告訴我嗎？」

伸治打量著她的容貌、服裝和鞋子。

女子年約三十五，頂著一頭剪齊的短髮，既沒上妝，也沒塗口紅。失去光澤的土氣卡其大衣底下，露出深紫色短裙，裙襬的設計好似在強調粗壯的腳脖子。鞋子明顯是便宜貨，鞋根又粗又短。

她這身打扮絕對進不去「Dulcinea」。

伸治端詳她好一會兒，對方微笑著後退半步。

「有什麼不對嗎？」

她笑臉和善，談吐也很沉穩。伸治急忙搖搖頭。

「不，我沒那個意思，不過……妳真的要到『Dulcinea』嗎？」

「是的。」女子天真應道。

「妳曉得那是迪斯可舞廳嗎？」

「嗯。聽說是很棒的店？」

「呃，這倒沒錯……」

伸治猶豫良久，才告訴女子怎麼走。反正到時無法進場，也不是他的責任。

然而，當對方喜孜孜地道謝、準備離去之際，伸治忍不住問：

「有誰和妳同行嗎？」

圓臉女子睜大眼，側著頭。「沒有，我一個人。」

「獨闖迪斯可舞廳？」

女子拉攏大衣衣領，縮著脖子笑答：「不覺得這樣頗有趣嗎？」

言下之意，似乎是對象在「Dulcinea」找就好。伸治先是一愣，接著不由得同情起這無知又樂天的女子。要是她懷抱這種想法前往而被拒於門外，不知會有多受傷。

想到這裡，他不加思索地脫口：

「勸妳最好打消念頭，妳一定進不去的。」

但對方不爲所動。「沒關係，要是人太多，稍等一會兒就行。謝謝。」

女子低頭行禮後離開。留在原地的伸治，感覺自己彷彿做了件殘酷的事。

女子的身影從視野中消失，他急忙追向前。吐著白煙奔馳，他猛然想到，不同於澀谷或新宿，從未見過有誰在這街上奔跑。

對方腳程出奇地快，伸治好不容易追上時，「Dulcinea」已近在眼前。女子在前方的十字路口等紅綠燈。

伸治出聲叫喚，她驚訝地回頭。

「啊。」她豐腴的雙頰綻放笑容。

「非常抱歉，我覺得妳還是不要去的好。」

「咦？」

「最好別到『Dulcinea』。」

燈號由紅轉綠，但兩人沒過馬路。怕擋住別人，他們移步路旁。

「爲什麼？」

「那裡會檢查服裝。」

女子很感興趣似地呵呵笑。「好像女校。」

「說的也是。」伸治不禁跟著笑起來。

「意思是，打扮得沒品味不行？」

「對。」

「更重要的是，長得不漂亮也敬謝不敏？」

伸治並未答腔，但女子望著「Dulcinea」，恍然大悟地頻頻點頭。

此時，十字路口一輛深藍進口車滑行般右轉，陡然停在「Dulcinea」前。而後車門開啓，穿黑西裝的男子走出。隔一會兒，另一側的前座車門也打開，一襲連身白洋裝的女子飄然現身。

「不是這樣的帥哥美女，就謝絕惠顧嗎？」她興味盎然地問。

「沒錯，所以我也不行。」

圓臉女子仰天大笑。「好奇怪，這誰規定的？」

「不曉得，大概是店裡的人吧。」

挑選顧客，也是時下做生意的方法之一。

「不過，你特地追到這裡，只爲了告訴我這件事？」

伸治搔搔頭，突然察覺自己太多管閒事。

但女子笑盈盈地說「非常謝謝你」，接著轉身向右。

「有空的話，要不要去吃碗拉麵？我請客，就當是謝禮。」

女子名叫守山喜子。

「我三十五嘍。」她笑著報出年紀。她在神谷町一間小型房屋仲介公司擔任辦事員。這麼一提，在亮處下仔細一看，她手上滿是墨水的汙漬，大概是蓋章時沾上的。或許是察覺伸治的視線，喜子不住搓揉髒汙處。

「印泥不容易清除。」她開朗道。

兩人坐在CINE VIVANT六本木附近一家「三福」拉麵店內。這是位於窄巷深處，不太起眼的小麵店。

伸治暗想，不曉得「Dulcinea」在哪的人，怎麼會知道這種地方？

「這裡的餛飩麵很好吃。」喜子說。

「感覺像祕密景點，是妳的愛店嗎？」

「我常來。」

兩人只是偶遇，喜子實在沒理由請客。隔著小桌子對坐，伸治心情有點彆扭，但也許是喜子親切的氣質使然，氣氛奇妙地並不尷尬。

「你是學生嗎？」喜子問。

「嗯。」

「大學生？」

「不，我念專科學校。」

「哦，學什麼？」

伸治罕見地以開玩笑口吻反問。「妳猜呢？」

「很難想嗎？」

「應該吧，妳可能沒聽過。」

「唔……」喜子喝口冷水，思索起來。「是電腦方面？」

「不，沒直接關係。」

「會接觸生物嗎？」

「完全不會。」

送上來的餛飩麵冒著蒸騰熱氣，兩人邊吹涼邊吃。

「是動畫學校嗎？」

「很遺憾，不對。」

喜子投降放棄前，伸治公布答案。

「是速記。」

喜子停下原要送入口的筷子，雙眼眨個不停。

「眞的？可是，現今還需要這種技術嗎？接得到工作嗎？」

非常尖銳的提問。

如喜子所言，由於錄音設備性能日新月異，加上文字處理機的發明，速記在不少人心目中已是過時的技術。

然而，自動將語音轉譯爲文章的機器尚未問世，就算開發成功，光憑一台機器能否應付各種情況，也令人存疑。不管怎樣，一定有必須仰賴人工的部分。

伸治認爲現下是過渡期。雖無法預測時代將如何進步，但目前仍需要速記士，且這唯有專家才能勝任。伸治的父親熱愛家業，並想交由兒子繼承。

爲繼承父業，即使在人們眼裡已落伍，他依然得認真學習技術。最重要的是，從小追隨著父親的身影，他也喜歡上這工作。

所以，儘管這樣的工資不划算，他還是持續磨練，持續報考。

伸治吐露心聲後，喜子燦爛一笑。

「說得好，希望你能通過考試。」

「不過，我這麼說，也是因內心某處覺得這並非熱門職業，才會如此認真辯解。」

伸治非常清楚。而他的自卑，多少也與「Dulcinea」有關。他總認爲，那種地方和自己無緣。

「不久，速記大概會步上傳統技藝的後塵。」

「會嗎？」

喜子小孩般雙手托腮，傾身向前。

「我問你，『喜子』用速記文字怎麼表示？」

伸治以冷水充當墨汁，伸指在桌面上寫著。喜子依樣畫葫蘆幾遍，記在腦中。

「眞有趣，好像外文。那『Dulcinea』呢？」

伸治寫完，她望著桌面問：

「你曉得這是誰的名字嗎？」

「『Dulcinea』是人名？」

「沒錯，是在《唐吉訶德》登場的公主，也是個絕世美女。」

然後，她抬起頭，神情略顯落寞，彷彿在說——不必提醒我也清楚，「Dulcinea」與我無緣。

4

下週就是檢定考，伸治暫停打工，全力練習。眼前不管看見什麼，都會在腦中轉化爲速記文字。連休息時喝啤酒瞄到標籤，速記文字一樣馬上浮現。

考試當天下起大雨。

充當考場的教室依准考證號碼分配。與伸治同批的三十人中，有個考前仍不斷用隨身聽練習的考生，相當引人注目。

一百一十分鐘裡，他屏除雜念，埋首作答。好在平安無事地考完——交卷時腦袋只冒出這個念頭。

他從高田馬場車站打電話給父親。

「考得如何？」

「不知道，算普通吧。」

兩人沉默一會兒。

「爸。」

「什麼事？」

伸治緊握話筒，望著滑落電話亭玻璃的雨滴。

「假如這次還是沒通過，不必再考，回來吧。」

父親搶先說道。

週五，伸治仍前往三輪速記。離公布成績還有一個月，期間可不能只顧玩樂。

在六本木站下車，穿過驗票口，接著……

伸治發現留言板上有給他的訊息。

熟悉的女性筆跡寫著：

「伸治，今晚到 Dulcinea 來吧。小百合」

他呆立原地兩分鐘之久。

小百合。留言的女子叫小百合？這不是惡作劇嗎？

但，對方究竟是誰？

三輪速記的老闆也問他考得怎樣，他不曉得如何答覆，只心不在焉地收下工作用的錄音帶放進背包，隨口寒暄幾句便返回車站。

（今晚到 Dulcinea 來吧。）

這是什麼意思？要我大搖大擺地去見「小百合」嗎？她這麼做有何居心？目的何在？

不，根本沒小百合這個人。這是惡作劇。

可是……若眞有其人怎麼辦？

伸治不斷自問，迷惘地望著留言板。這時，突然有人拍他肩膀，他不禁嚇一跳。

「晚安。你怎麼啦？」

原來是喜子。

他半晌擠不出話，好不容易開口，卻講得七零八落。他不知如何解釋，也不知該從何提起。

不過，弄清來龍去脈後，喜子馬上說：

「那就去『Dulcinea』瞧瞧，我陪你。」

「Dulcinea」入口的沉重木門彷彿拒人於千里外，見輕輕一推卻文風不動，伸治已想打退堂鼓。

「別緊張，只是爲了隔音，才選用這樣的材質。」

喜子開朗說著，率先進門。

裡頭意外安靜。這也難怪，因爲此處還不算店內。「歡迎光臨。」鋪著厚地毯的狹窄玄關大廳，櫃檯兩名穿灰制服的年輕店員低頭行禮。

（歡迎光臨？）

伸治大吃一驚，還以爲對方瞧見他的臉，就會趕他走。

頭頂的嵌燈灑下柔和的光線，眼前是櫃檯，再過去是衣帽間。左手邊擺有古色古香的彎腳型家具，一名看似上班族的中年男子倚著沙發翻閱雜誌。

喜子毫無怯意地步向櫃檯，和店員悄聲交談起來。雖然今晚的打扮跟初見面時差不多，但她挺直背脊，態度落落大方。

喜子語畢，店員隨即應道「了解，請進」。

伸治頓時懷疑自己聽錯，只見喜子笑咪咪地走回。

「裡面眞的有個叫小百合的客人。」

店員也走近。「容我先確認一下，您的大名是伸治吧？」

「咦？是的。」

原來如此，留言板上的「小百合」不曉得我的名字。

「稍等一會兒，我請她出來。」

店員拿一塊寫有訊息的小白板，拎著雕花玻璃油燈消失在通道深處。

隨著門的開闔，一陣節奏強烈的音樂流洩而出，旋即隱沒。

「這是怎麼回事？」

喜子微笑不語，迅速走向沙發。「我坐這邊。」

先到的那名男子抬頭瞄她一眼後，視線移回雜誌。

過五分鐘，剛才的店員帶著一名穿大紅貼身洋裝的女子返回。

「不好意思，讓您久等。」店員低頭致意後離開。

伸治與女子面對面。她一頭鮑伯黑短髮，皮膚白皙，唇抹鮮豔口紅，戴著手鐲式金腕表。

然而，第一印象僅止於此。對方見到他，馬上噗哧一笑。

「哎呀，果眞長得十分抱歉。」

伸治根本無暇沮喪，因「小百合」隨即望向坐在沙發上的喜子。

「喂，怎麼辦？這樣我很傷腦筋。」

喜子沒反應，倒是她身旁的男子放下雜誌，站起身。

察覺到男子在場，她笑容瞬間凝結，愣在原地。男子迅速走上前，抓住她的手臂。

「秦野小百合小姐。」男子話聲平靜卻冷峻。「我找妳好久，不是一再提醒過，不能擅自更換住處嗎？妳父母很擔心，一直四處找妳。」

近看才發現，男子西裝衣領別有公司的徽章，伸治在心中驚呼。

那是手掌交叉呈「×」形的標幟。

小百合眼神游移，嘴巴開開闔闔，接著猛然聳肩，狠狠瞪著伸治。

「卑鄙，你們是一夥的吧？」

「不是的，他一無所知。」

喜子坐在沙發上，語調沒半點起伏地應道。

「這是我和平田先生策畫的。」她望向那名看似上班族的男子，男子頷首。

「走吧，妳母親在附近的咖啡廳等。」

他出言催促，領著小百合步出店外。

待兩人離去，伸治終於找回話語。

「究竟怎麼回事？」

喜子只說一句「對不起」。

十分鐘後。

伸治、喜子與平田坐在「Dulcinea」裡一間狹小的辦公室內。喜子以角落桌上的咖啡壺泡咖啡。

「得先表明我的身分才行。」

平田說著，從胸前口袋取出名片。收下前，伸治問：

「你是消費生活研究會的人吧？」

平田挑起眉，像是有禮地請教原因。

「我是從徽章認出的。」

「哦，這個？」他指著衣領，不禁莞爾。「原來如此。將所長的演講整理成文字的就是你啊，世界眞小。」

他笑著看向喜子。喜子僅微微一笑，擔憂地凝望伸治。

平田清咳一聲，繼續道：

「聽過那場演講，應該曉得我們從事何種工作。」

「是的，大致明白。」宣傳手冊的標題浮現伸治腦海。

「我們目前投注最多心力防範的，便是近來頻傳的信用破產問題。尤其針對年輕人。」

伸治雙手擺在膝上，靜靜坐著，反覆思索他這番話。

信用破產。申請好幾張信用卡，四處購物、玩樂，猛然發現時，已欠下數百萬的債務，像這種年輕人愈來愈多。

「我們設立服務窗口，接受個別諮詢，並和信用卡公司交涉如何償還。秦野小百合就屬這類客戶，只不過，前來求助的是她母親。」

小百合擁有十張信用卡，揮霍無度，至今總共欠下四百五十萬圓的債務。

「她那算是一種病，浪費病，主要花在買服飾和旅行。而在此玩樂的錢，似乎是她的眾男友供應。」

「她的工作是什麼？」

「她沒上班，只幫忙做家事吧。」平田嘆口氣。「不管怎麼規勸，她逃離父母視線後依然揮金如土，無法以本名申請信用卡，便借用朋友的名義。好不容易查出她的居所，馬上又換地方，非常傷腦筋。」

這時，他們接獲消息，得知她每週末都到「Dulcinea」狂歡。

「然而，情況還是一樣棘手。她認得我們每個成員，一察覺有人靠近，立刻拔腿逃跑。但她畢竟不是罪犯，不能採取粗暴的手段。假如在群眾面前給她難堪，長遠看來，只會是反效果。所以我們不斷苦思，有沒有溫和喚出她的方法……」

平田摩挲著額頭。「於是，我們找這裡的經營者商量。小百合是常客，兩人很熟。小百合告訴對方，最近在玩一個有趣的惡作劇。」

（我偶然在六本木車站發現有個不起眼、不像會來店裡的男子，在留言板寫下一句「我在Dulcinea等妳」就走往反方向出口。不覺得陰鬱嗎？且不只一、兩次，每週都是如此。）

伸治閉上眼。

原來她全看到了，「果真長得很抱歉」的話聲在伸治耳畔響起。

另一方面，想到光鮮亮麗的秦野小百合也在週末搭地鐵到六本木，他不禁胸口一緊。

伸治突然覺得她很可憐。一個搭地鐵、拿信用卡前來狂歡的灰姑娘。

「小百合好玩地回應留言，還樂得說想看對方的反應。於是，我拜託經營者帶留言的青年過來。若藉口要安排兩人見面，小白合應該會願意走出舞廳，所以便懷著半看好戲的心態嘗試……對你非常抱歉，但我們實在找不到其他好方法。」

原來如此，難怪像我這種人也能順利走進店裡。

伸治靜靜調勻呼吸才開口：

「事情進行得順利吧？」

「是的，多虧你的幫忙。」

伸治仍有個疑問。

「那麼，這裡的經營者是誰？」

只見喜子應聲：

「不好意思，我就是。」

喜子在「三福」的自我介紹，並非都是謊言。她雙親確實在神谷町擁有一間房屋仲介公司，而她也是員工。

喜子的父親身兼「Dulcinea」老闆，但他說這是年輕人的店，便交由女兒全權經營。

「還記得我喊住你，問『Dulcinea』怎麼走嗎？」

伸治默默點頭。

「當時我是想藉機認識你，不過聊過幾句後，便覺得把你捲進這場風波不妥。之後，你追上來勸我『最好別去Dulcinea』，對吧？」

伸治憶起那情景，縮起身子。

「於是我下定決心，不是爲了小百合，而是要化解你的誤會，讓你看清事實，才悄悄推動計畫。」

「看清事實？」

「沒錯。」

喜子神情認眞。「『Dulcinea』不是你以爲的那種店。倒不如說，是供像你這樣的人，偶爾來排遣鬱悶、享受歡樂的店。這是我初衷，至於店家挑選顧客，並非我發起的。我一直想打破那道擅自形成的障壁。」

瞧，喜子輕輕敞開雙手。「由於太過投入工作，我根本沒空打扮，但我覺得這就夠了。一個月一次也好，只要能讓和我一樣忙於工作的人，來店裡感受一下奢華的氛圍，我便心滿意足。」

對不起，喜子再次道歉。

「『Dulcinea』是《唐吉訶德》裡的一位公主，我告訴過你吧？Dulcinea僅存在於主角的幻想，其實她是名叫愛東莎（Aldonza）的酒家女。不過，主角從她身上找到心目中眞正的公主。」

Dulcinea只是幻影，然而——

「你提到的速記很有趣，好好加油。方便的話，日後可否告訴我考試的結果？你這麼認眞，一定能通過……」

喜子說到一半，屋裡安靜無聲。

伸治始終垂頭不語，「Dulcinea」內播放的音樂低低流淌。

三週後，考試成績揭曉。

伸治通過檢定。

他打電話回家報喜，並通知校方。最後，他躊躇一會兒，打給喜子。

「太好了！」她大喊，伸治也跟著歡呼。

他很想見喜子，想當面和她聊天。他衝進地鐵，抵達六本木站後，三步併成兩步，一路衝上樓梯。

伸治穿過驗票口，只見親切的渾圓字體大大占滿留言板：

「歡迎來Dulcinea。」

第三篇

什麼也別說

1

爲什麼我會那麼生氣呢……長崎聰美暗忖。

半夜兩點，聰美獨自走在河堤上，遠方不時傳來摩托車的引擎聲。刻意將涼鞋跟踩得喀啦作響，她心想，只有犯下後悔莫及的過錯，捫心自問「我怎會做那種事？」時，人才會低著頭走路。

這一帶白天是風清氣爽的步道。聰美習慣在星期日早上攜帶隨身聽到這兒，隨著喜愛的音樂慢跑。不知不覺間，這成爲她的固定行程。不過，今天是她第一次深夜來此。

每到晚上，附近便有飆車族出沒，不小心被纏上非常危險。暫開這點不談，落單女子也不宜在這種時候四處閒晃，應該快點回公寓，但她的腳不聽使喚。三更半夜，明明沒什麼要緊的事，她卻往便利商店走，爲的不是想吃泡麵或冰淇淋，而是無法忍受單獨待在那狹小的屋子裡。

反正睡不著。

我那樣頂撞課長，只能遞辭呈。既然橫豎都得辭，早知道剛才就順便買本《Travail》（註一）。

爭吵起於微不足道的瑣事。

七月一日，傳聞公司臨時錄用一個美女新人，會計課職員一陣騷動。這時，聰美端著一盤泡好的下午茶返回辦公室，比聰美資淺的年輕男同事笑道：

「長崎小姐，下個月妳不必再泡茶嘍。」

辦公室不算大，在茶水間也聽得見會計課同僚的閒聊。僅是一名新進女員工，他們卻像參加遠足的小學生般雀躍不已，聰美內心覺得很無趣。

所以，後輩的隨口一句讓她不太高興。對方察覺苗頭不對，話鋒一轉，解釋來了一名年輕女同事，對聰美也是好事一樁。

然而，黑坂課長卻將這份努力全部抹煞。

「我們也好想喝喝年輕女孩親手泡的茶啊。」

課長說完，靠著椅背仰身大笑。

「我早看膩長崎，她都是老太婆了。」

辦公室鴉雀無聲。

黑坂課長並不是那麼惹人厭的上司。只不過，正因他是上司，有權保留某種程度惹人厭的一面。會計課眾多年輕職員清楚這點，有些話就當成耳邊風。像這時候，課長隨口吐出的感想，大夥皆不予置評。

聰美不發一語，在課長雜亂的桌上找尋放茶杯的空間。課長似乎也察覺自己失言，得緩和現場尷尬的氣氛。聰美心想，他應該不會再多嘴。

課長啜口茶，繼續道：

「長崎，妳是貓舌（註二）嗎？」

「咦？」

「妳泡的茶總不夠燙。在家喝啤酒時，妳該不會都拿貓食當下酒菜吧？」

課長原本就不怎麼幽默。不過，他以爲聰美會和平時一樣，回句玩笑話，逗大家發笑，化解這場風波。

但是，聰美並未答腔。

她腦中一片空白，猛然回神時已將放著六杯茶的托盤砸向地面，衝動反駁：

「你才是吧。」

她感覺耳垂發燙。

「整天坐在冷氣超強的辦公室，什麼也不用做，還能喝熱茶，誰像你這麼好命？我大半天都在外頭，汗流浹背地四處跑銀行，一回辦公室便得馬上泡熱茶，當我是什麼？」

註一：日本的求職雜誌。

註二：因貓不喜熱食，常用來指不愛吃熱食的人。

課長的眉間逐漸泛白。哦，這就叫面無血色？聰美心不在焉地想著。

「少瞧不起人。什麼看膩，我又不是你的女人。什麼老太婆，你太太不也是老太婆？你平常老愛拿女兒來吹噓，我不曉得她是否仍在裝小孩，但若運氣好，遲早會變成老太婆。」

黑坂課長的太太當選過新潟小姐，女兒則加入向日葵劇團，參與電視劇演出，號稱美少女。他常炫耀妻女，這在公司可是出了名的，連其他部門的同事都知道，所以聰美不自主地提及此事。

「七月會來新的女同事？青春洋溢的女孩，是嗎？盡情地請她幫忙擦屁股啊，開什麼玩笑。你這蠢驢。」

撂下這句話，聰美走出會計課。

2

——我講得太過分了。

在零星矗立的路燈照亮下，排水渠平靜無波，宛如一面幽暗的鏡子。水邊可望見幾個白色物體，大概是收起翅膀安眠的海鷗。聰美坐在河堤上，吹著夜風冷靜腦袋，心中無比後悔。

（話說回來，我究竟在哪學會這種低俗的粗話？）

要是遠在家鄉的父母得知此事，一定會感嘆自己的教育方式出差錯。兩人都是老師，或許會深感顏面無光，雙雙自盡……

（唉，什麼蠢念頭嘛。）

聰美站起身，拍拍牛仔褲臀部。回去睡覺吧，在這裡胡思亂想也沒辦法解決事情。

（離生日還有半個月，履歷表上尚可寫二十六歲，應該能輕鬆找到下個工作。）

她細細盤算著，走下水泥階梯。

河堤下，是條勉強能容兩輛車交錯的道路。放眼望去，路邊到處停有車輛，且四周昏暗，所以聰美很注意身邊的情況，難保不會有色狼從車後衝出來襲擊她。

（若遭色狼偷襲而遇害，臨死前一定要留下課長的名字，就寫是黑坂殺了我。）

聰美如此執著，顯見怒氣未消。她忿忿想著，雖然我說得有點超過，但那傢伙確實就是做了不對的事。哼！

準備過馬路時，聰美察覺右手邊有道亮光接近，一輛白轎車筆直駛來。

夜間的車行速度遠比目測快，這是聰美從前習得的常識。所以她決定安分站在河堤下的磚地，等候車輛通過。

白轎車逐漸逼近，強光直接照向聰美的臉，她不禁瞇起眼睛。

下一瞬間，傳來輪胎滑過柏油路的摩擦聲，車子從右至左橫越聰美的視野。車輛行經那一刻，透過擋風玻璃，她看見前座的兩人、斜掛在他們肩上的安全帶、敞開的後車窗，接著……

（咦，我認識他們嗎？）

握方向盤的男子雙目圓睜，表情驚訝地放開左手，指著窗外的她大喊：

「是那傢伙、是那傢伙！終於找到了！喂……」

聽美聽不到接下來的話聲。車輪一路擦地，駛過她面前，而後突然不斷左右甩尾，在速度未減的情況下，直接開上前方十公尺的磚地，衝向水泥牆。

「危險！」

聽美縮起身子大叫，只見駕駛左打方向盤，玩滑板般側身駛上河堤，車子發出衝撞聲翻滾。不久，隨著一陣悶響，車窗噴出鮮紅烈焰。聽美愣在一旁，望著眼前的景象。

3

聽美並未受傷，但趕至的救護員依然替她進行初步的診察。

「沒事吧？妳臉色好蒼白。」

「謝謝，我還好，只是有些驚嚇。」

救護員解釋，由於她目睹死亡事故，這種反應在所難免。

「身上會火辣刺痛嗎？也許有燙傷。」

「沒什麼感覺，我離車子有段距離。」

四周聚集許多圍觀群眾，喧騰的現場一點都不像深夜。印有警察標幟的紅色三角錐在路上排成一列，將事故現場隔成一個半圓形區塊。警方開來一輛廂型車，及兩輛巡邏車。空氣中仍飄浮著滅火器的白粉，聽美覺得鼻子癢癢的。

繼救護員後，警察也來到聽美身旁。坐在磚地上的聽美剛要站起，警察告訴她「坐著就行」。

對方帽子底下是張眼角下垂的親切臉蛋。

警察先確認聽美的身分。回答公司名稱時，她很想補上一句「我明天就會離職」。

「沒受傷吧？」

「嗯，沒啥大礙。」

「這麼晚，出來買東西嗎？」

警察指著聽美手上的塑膠袋。

「我是夜貓子。」

「這樣會影響妳上班，況且，單獨走夜路不太好吧。」

在警方的詢問下，聽美道出目擊的事故始末。不過，男駕駛指著她大叫「是那傢伙！終於找到了！」的事……

聽美說不出口。

至少在弄清那男子的身分前，話不能亂講。因爲她從未這樣遭指認過。

聽美確實有朋友和熟人開白色轎車，但若是他們，她應該一眼就能認出。

然而，聽美對男子沒印象。更何況，聽美不可能容許對方大聲叫她「那傢伙」。

「請問……那名駕駛情況怎樣？」

她略帶顧忌地問，警察倒答得直接。

「兩個人都燒得漆黑，已回天乏術。」

聽美暗自吞口唾沫，兩具以白布包覆的焦黑屍體，從同樣焦黑的車上運出的情景浮現眼前。

「是住附近的人嗎？」

「還不曉得。車牌號碼確認中，應該很快便可查明。」

「爲什麼會發生這種事……」

「聽妳剛才描述的情況，似乎是駕駛分神、車子突然搖晃起來，對吧？」

「是的，就像駕駛忽然看不到一樣。」

其實，那男子是瞥見聰美後大吃一驚，注意力頓時分散，才釀成車禍。

但聰美怎麼也說不出口，那樣彷彿責任全在她身上。

警察離開現場，在巡邏車旁和同事討論一會兒，再度返回。

「車主名叫蘆原庄司。妳認識嗎？」

「怎麼可能！」

聰美強烈否認，連她自己也覺得有點反應過頭。

蘆原庄司是個陌生人，根本沒聽過這名字，我不認識他。

「這樣啊。我只是問一下，想說搞不好妳認識。」

警察坦率道，低頭行禮。

「辛苦了。改天或許還會請教妳一些事，屆時麻煩多多幫忙。」

可以走了吧？聰美隱瞞某個細節，心臟怦怦直跳，抗議負擔太過沉重。

「有其他目擊者嗎？」

聰美一問，警察微微揚眉。

「怎麼?」

「不,我只是在想,是誰打一一〇報警的?當時我明知該打電話,卻因為太害怕,雙腳無法動彈。」

「這也難怪。」

警察點點頭安慰她,望向巡邏車旁的兩名男女。

「報警的是那對夫妻,他們住在那棟大樓的……」他指著後方的白色建築,「頂樓。他們在陽台喝啤酒時,目睹整起事故,大概也是夜貓子一族吧。」

聰美之外,尚有其他目擊者提供證詞,說明那輛車是自己撞上河堤。

離開現場前,聰美非常想和那對夫妻談談,於是上前問候。兩人瞥見聰美的穿著,馬上認出她,並流露誇張的同情之色。

「超危險的。再近個五公尺,妳也會捲進車禍,我們看得一清二楚。」

「幸好平安無事。」

這對和善的年輕夫妻身上微微傳出酒味,但講話和態度都很正常。

「可能是一時分神,或不小心打瞌睡。不過還真慘,開車好恐怖。」

「就是說啊。」聰美表示同意,隨即與兩人道別。他們不曉得事故發生前,駕駛座的男子曾指著聰美大叫。

聰美鬆口氣,卻也感覺獨守這個祕密,壓力加倍沉重。天快亮時回到公寓,她將融成一灘軟泥的冰淇淋倒進流理台,雙膝不由得顫抖起來,只好抓著水槽外緣蹲下。

是那傢伙、是那傢伙！終於找到了……

4

隔天的早報並未報導那起事故，或許是時間太晚，來不及刊登。於是，聰美緊盯著電視，追看每個新聞節目。

雖然有兩人喪命，但畢竟是交通事故，新聞篇幅極短，只簡潔傳達重要訊息。從中可知，四十五歲的駕駛蘆原庄司，家住品川區，那輛車當然也是品川區的車號。而坐在前座的死者蘆原久美子，四十四歲，是庄司的妻子。

（原來是夫婦……）

蘆原庄司在品川車站附近經營一家名爲「加勒比」的餐廳，車禍原因是駕駛分神。主播淡淡報完，繼續進下一則新聞。

眞搞不懂。

太古怪了，我根本不認識什麼蘆原，也沒去過那家叫「加勒比」的餐廳，甚至幾乎不曾在品川站下車。只有搭山手線時，瞥見王子飯店的白色建築從旁飛馳而過。

但蘆原庄司爲何一看到聰美，就嚷嚷「是那傢伙」？

最有可能，也最心安的假設，便是他誤認聰美爲相識的某人。

不過……

當時蘆原還喊著「終於找到」，這表示他以為「找到」的對象，先前並未出現在周遭。他想必非常認眞地尋覓此人，否則不會那樣大喊。這般重要的人物，會如此容易錯認嗎？

一陣捉摸不定的煙霧籠罩腦海，她不禁心浮氣躁起來。

誤認？不，也許那個蘆原眞的有事找我。我可能曾無意間冒犯他，他才會脫口大吼「終於找到」。

他的叫聲帶著一股恨意，那句話宛如勝利的吶喊。

會是什麼事？不經意闖下的禍嗎？是丟出窗口的東西，砸中底下的人？還是趕著上班，不小心撞飛車站樓梯上的某人？要不然，是攔計程車時無視對方先舉手，搶著一屁股坐進車內，害沒搭到車的人錯過攸關性命的重要集會？

（開啥玩笑，你這蠢驢！）

雖然不客氣地吐出那些話，但會不會其實我也是無藥可救的笨蛋？

她猛然按掉電源，背對電視，頭抵向冰冷的玻璃窗。

既然要行動，就得好好計畫才行。

「加勒比」餐廳先前位於品川王子飯店斜對面一棟混合大樓的二樓。

之所以說「先前」，表示這是過去的事實。的確，「加勒比」餐廳曾在此營業，現下看板和租賃合約依舊，卻已完全歇業。

這是被派遣來打掃大樓的婦人告訴聰美的。踏上二樓後，聰美望向釘著十字木片的「加勒比」大門，婦人拎著水桶和拖把走近。

「這是所謂的十字砲火。」婦人說。

「咦？」

「封住這扇門的木板，象徵打敗蘆原先生的十字砲火。」

聽美仔細打量眼前個頭嬌小的婦人。她頭包三角巾，戴著顏色像抹布的工作手套。

「男人大多會被十字砲火打敗。酒和賭、酒和女人、賭和女人、債和賭，偶爾是老婆和小老婆。不管怎樣，全都能以一件事替換，因爲根源相同。」

「可拿什麼替換？」

「夢與現實。」

婦人道出冷硬派小說裡才會出現的台詞。

「這家店的老闆蘆原先生，是遭哪種夢與現實的十字砲火打敗呢？」

婦人冷哼一聲。「債和女人。」

聽美頗感興趣。「阿姨，能不能多說點？」

婦人一副早料到的神情，問道：

「有菸嗎？」

據婦人所言，「加勒比」約莫在三個月前陷入歇業狀態。

「在那之前，蘆原先生還向銀行借錢重新裝潢，花費不少。他的品味不錯。」

「但餐廳仍經營不善嗎？」

「原本生意不錯，可是，某員工拿光要支付裝潢業者的款項潛逃，從此便逐漸走下坡。」

聽美與婦人坐在連接一樓和二樓的樓梯間，喝著罐裝咖啡。婦人變魔術般從口袋取出菸灰缸，抽起聽美提供的Caster Mild牌香菸。

「那大概是多少錢？」

「聽說是一千兩百萬。」

「加勒比」規模不大，只有十坪左右。聽美心想，由此看來，這費用算是相當高。

「其實這地點不適合開餐廳，蘆原先生想藉翻新裝潢扭轉局面。不料那筆錢全被捲走，令他傷透腦筋。這種生意多半靠借錢周轉來經營，所以一千兩百萬的債務是個致命傷。」

聽美從樓梯間的窗戶望向站前大馬路。

「地點不好……但這裡是站前……」

「這一帶不同於新宿和澀谷，旅客會到旅館附設的餐廳用餐，而鎖定上班族推出的商業午餐，若手頭闊綽，便不會想光顧。願意來這兒的，只有專程到外面享用晚餐的客人。要招攬這些客人，便得具備特殊的誘因，或經雜誌報導。」

蘆原庄司將餐廳裝潢得富麗堂皇，看準的就是這點。

「不過，那名員工有辦法動那筆錢，表示很受信任吧？」

聽美一問，婦人拿菸的右手豎起小指。

「對方是他的相好，所以我才說是十字砲火。」

「蘆原先生的情人？」

「沒錯。對方跟妳差不多歲數，講話非常直爽。」

聰美心頭一震，莫非蘆原先生把我誤認成那女孩？

「阿姨，她和我長得很像嗎？」

婦人身子後移，仔細觀察聰美。

「年紀應該差不多。不過，依我看，最近二十幾歲的女孩全一個樣，都沒啥特色。」

「記得她的名字嗎？」

婦人搖搖頭。

聰美從樓梯上站起，回望「加勒比」緊閉的大門。

「這家店會怎樣？蘆原夫婦雙亡，這次眞的會關店吧。」

婦人倏地停下熄菸的手。

「咦，蘆原先生死了？」

「是的。昨晚發生交通事故，我是目擊者。」

「那妳來幹嘛？我以爲妳是上門討債的。」

「不曉得守靈和葬禮如何安排？我想爲兩人上個香。先前沒料到他的店已歇業，還滿懷期待，以爲能獲得一些消息。」

「蘆原先生打算日後重新開幕，仍繼續籌錢支付房租。至於他的住處，我也不清楚。妳是目擊者，怎麼不直接詢問警方？只要說想去致哀，警方就會告訴妳吧？」

聰美皺起眉。「這樣不會被懷疑嗎？」

「妳在想什麼啊？難道妳做了可疑的事？」

聽美頓時不知如何回答，婦人拿著大水桶站起身。

「謝謝妳的香菸和咖啡。接下來，我該清理這棟窮酸的大樓啦。」

5

警察親切地告訴聽美蘆原家的地址及葬禮的日期，還說「妳人眞好」。

聽美多少心存戒備，身爲目擊者卻如此關心此事，警方或許已起疑，正暗中觀察她的一舉一動……

隔天的告別式，梅雨霏霏。聽美穿上帶著樟腦味的喪服出門。

蘆原家位在東中延的住宅區，是棟紅色洋瓦、斜式屋頂的漂亮透天厝。

參加葬禮的親友不少。大夥都撐著傘，不容易靠在一起，顯得人特別多。聽美費盡九牛二虎之力，高舉著傘穿過人群，好不容易才抵達奠儀處。

聽美向坐在桌後、身穿喪服的男子點頭致意，正準備簽名時，對方突然驚呼一聲。只見他雙目圓睜，傾身向前。

「這不是水田小姐嗎？」

聽美嚇一跳，後退一步。正面相望後，對方緊繃的表情和緩下來。

「啊，不好意思，我認錯人……」

水田小姐。聽美思忖一會兒，悄聲開口：

「請問，剛才提到的水田小姐，曾在『加勒比』工作嗎？」

男子神色慌亂。「對。因爲長得很像，我不小心誤認。」

「您也是『加勒比』的員工嗎？」

「嗯。」

「拿走一千兩百萬的，就是水田小姐吧？」

「爲什麼妳……」

知道這件事？對方話還沒完，聰美已躲進人群中。

果然沒錯。

當時，蘆原庄司誤會聰美爲前女友，盜取「加勒比」裝潢費的「水田」。這麼一來，不難理解他何以大叫「是那傢伙、終於找到了」。

想必他正苦苦尋覓「水田」的下落，才會激動到發出勝利般的吶喊，以致釀成車禍。眞諷刺，聰美覺得這是上天的捉弄。

透過靈堂前的遺照，聰美初次目睹蘆原夫婦的容貌。

十分登對的夫妻。兩人都長得很纖細，鼻梁高挺。照片上的蘆原先生打著領巾式領帶，夫人則一襲和服，美麗大方。

打在傘上的雨聲愈來愈大。在誦經聲中，聰美嘆口氣抬起頭，想著目的已達成，上完香就回去吧。

這時，她與站在人群旁的黑坂課長四目相望。

「嚇我一跳。」

「我也是。」

黑坂與蘆原大學時代參加同一社團。

「他是個好人。大學畢業後，我們仍有往來。他是和我最投緣的朋友。」

兩人一起走向公車站牌，聰美跟在課長後方。她不希望課長看到自己的表情，也不想瞧見他的臉。

「那件事之後，島川他……」課長提起會計課一名年輕同事。「打過好幾通電話，但妳都不在家。」

由於誰的電話都不想接，她改設答錄機。

「公司方面，妳打算怎麼辦？」

課長靜靜詢問。那並非逼問的口吻。

「我準備請辭。」聰美乾脆地回應。「講出那種話，還好意思留在公司，我可沒那麼厚臉皮。」

課長沉默不語，一輛大型休旅車掠過兩人傘旁。

待引擎聲遠去，聰美才繼續道：

「上次，我也說得太過分了。」

她簡短補上一句，微微頷首。

那天氣溫相當高，聰美又熱又累。她奔波於各銀行間，驀地覺得無比空虛。

匯款、兌換外幣，雖然身穿制服，拿著公司的文件夾，但做的全是小學生也會的工作，不過是四處跑腿。她並不是第一次有這個念頭。

快二十七歲的我，往後將不斷跑腿，直到年華老去。想到這裡，一陣倦意湧上心頭。所以，聰美無法輕鬆化解課長的調侃。她沒那種閒情逸致。

「我那麼生氣，是心裡的問題。雖然一直在反省，可是……」

「可是什麼？」

「我不會回公司。我很清楚，自己早超過做那些工作的年紀，不適合繼續待下去。」

課長困惑得皺起臉。「妳還年輕啊。」

聰美笑道：「那是針對我個人，你才說我年輕。若以女職員來看，你一定覺得我老到快掉渣吧？我心知肚明。」

講到底，女性的一般職務便是這麼回事。年輕是首要條件，一旦年老色衰，只有離職一途。

「我一直很肯定妳擔任助手的能力。」

聰美並未答話。她怒火已消，但不曉得該應些什麼才好。

「要不要喝杯咖啡？」

近旁就是一家咖啡廳。雖然有點渴，聰美仍拒絕課長的邀約。

「這樣啊……」課長神情無比遺憾。「我倆眞是無緣。」

聰美感到有些好笑。課長又用這種口吻，彷彿聰美是他的女友或情人。

「妳大概認爲我老愛胡言亂語，眞是難過。就算我回公司，今天也無心工作。我朋友喪命時，妳恰巧在場，讓人覺得當中有某種緣分，或許能和妳聊上幾句。」

「那純粹是偶然。」

課長嘆口氣。聰美察覺，這與他平時爲工作嘆息的情況不同。

「蘆原是我的摯友，很難相信他會這麼死去。眞想尋死，應該採取更安詳、更平靜的方式才對。」

這句話引起聰美注意。

「奇怪，你的說法，好像蘆原夫婦是自殺似的。」

課長一本正經地望著聰美。

「我是這樣認爲沒錯。」

在雨中淋得渾身冰冷，來杯熱咖啡正是時候。

「蘆原那傢伙做生意失敗。」

「我知道，是『加勒比』吧？」

聰美轉述從清潔阿姨那裡獲得的情報，課長邊聽邊點頭。

「我最後一次和蘆原見面，大約是兩星期前。當時『加勒比』仍處在歇業狀態，他一籌莫展。」

課長靜靜啜飲咖啡。

「我想盡力幫忙，於是介紹他幾家銀行和信用金庫。但畢竟『加勒比』倒閉是不爭的事實，給人的印象不好，到處都無法取得融資。」

「捲款潛逃的，是蘆原先生的情婦吧？」

「妳連這個都曉得？」

「嗯。那姓水田的女人，似乎和我長得很像。」

課長彷彿初次見面，盯著聰美猛瞧。

「對對對……蘆原提過。」

最後一次見面時，課長碰巧帶著春天員工旅行時的紀念照片，也給蘆原瞧過。

「那傢伙大吃一驚。他告訴我，仔細分辨後，確實是不同人。但乍看之下，不論身高或五官，都和水田如出一轍。」

「我算是大眾臉。常有人對我說『哎呀，妳好像我小學同學』。」

「是嘛？」課長莞爾一笑。

「聽到蘆原有情婦，妳或許會以為他很輕浮。其實，蘆原個性正經八百，和水田在一起，大概是一時著魔。」

聰美攪拌著咖啡。

「蘆原的太太有嚴重的糖尿病。」

課長這麼一說，聰美猛然抬眼。

「約莫從兩、三年前起，她的病情便時好時壞。她原本就不活潑，發病後由於有些微的精神官能症，更是足不出戶。假如兩人有小孩，也許會比較不一樣吧。」

「他們沒生孩子嗎？」

「嗯。」

聽美思考當中的含意。

只有夫婦倆的家庭。妻子生病，過著深居簡出的生活。這時，丈夫突然受妙齡女子誘惑，導致維持生計的店歇業。

「由於蘆原是個正經人，從『加勒比』暫停營業後，我便隱約感覺他有點危險。因爲他曾說『這是背叛妻子的懲罰』。」

「所以，你才推測蘆原可能是自殺嗎？」

課長重重點頭。

「事故發生當晚，他剛和妻子到房總兜風回來。兩人好幾年不曾這樣，彷彿是想留下美好的回憶，然後……他太太應該心裡有數吧？蘆原載太太出門時，開車總是特別小心，很難想像他會誤打方向盤而撞上河堤。那一定是自殺。」

車子衝撞前，蘆原往左邊猛轉方向盤的光景，重新浮現聽美眼前。或許那是千鈞一髮之際，蘆原想保住妻子性命的舉動。

與「水田」面貌相似的我在場，眞的只是單純的巧合嗎？

（是那傢伙！終於找到了！）

6

回到公寓後，答錄機的留言燈號閃爍個不停。聰美聽完，又有一通來電，是會計課的島川。

「太好了，妳終於接電話。」

他似乎已察覺聰美是故意迴避。

「抱歉。」

「精神有沒有好一點？今天課長提到妳捲入一場交通事故，罹難者還是課長的朋友。」

「沒錯。」

繞著那件事聊一會兒，島川悄聲道：

「長崎小姐，請不要以爲我胡言亂語。」

「咦？」

「我在公司附近見過那個蘆原。由於課長講起，我回頭看昨天晚報才發現的。上頭刊有他的照片。」

晚報以約兩段長的篇幅，報導蘆原夫婦車禍雙亡的消息。

「什麼時候？」

「上星期。午休時，我們不是一起去吃定食嗎？當時他就站在正面玄關的樹叢後。那確實是他。」

「大概是來找課長的吧。」

果眞如此，他們一定錯過了。黑坂課長曾說，最後一次與蘆原見面是在兩週前。

島川否定聰美的推測。「不，蘆原先生望著妳，一直緊盯著妳。他的模樣很古怪，我還記得。」

當晚，聰美取出黑坂課長給蘆原看過的照片重新檢視。

那是四月底時，大夥到下田員工旅遊的紀念照。聰美站在最前排，輕鬆地露齒而笑。

外貌上，只有髮型與現下不同。她大膽地剪短頭髮，露出整個耳朵，很像所謂的「瑟西爾髮型」（註）。如今已長長許多，恢復成稀鬆平常的短髮。

她赫然發現一件事。

看完這張照片後，蘆原說「非常相似」。當時，聰美剪的是少見的髮型，蘆原仍認爲她與「水田」長得如出一轍。

所以，「水田」也留這種髮型嘍？

兩人相像的印象並非源於五官，重點在渾身散發的氣質。那掃地阿姨覺得「最近的年輕女孩全一個樣」，其實是因年輕女孩都留類似的長髮、燙類似的髮型、穿類似的服裝。

髮型時髦，服裝也會隨之改變。這種前衛短髮與中規中矩的打扮不協調，所以聰美穿著亮眼的

註：指女星珍西寶（Jean Seberg）在電影《日安憂鬱》裡的短髮造型。

運動服參加員工旅行，以這身裝扮出現在照片中。

聰美站起身。

這是女性週刊上紅極一時的某知名美容院獨創剪法，其他店剪不出這種髮型。

「水田」或許也去過那家店。有可能，若真是這樣……

聰美向櫃檯表示想洗髮和吹整。當店員詢問「貴姓？以前來過嗎？」時，她毫不遲疑地回答「我姓水田，礦泉水的水，稻田的田」。

等著店員查找顧客資料卡，聰美緊張得掌心出汗。

不久，店員停下手，露出微笑。

「有了，水田小姐。您從去年夏天起，陸續修剪過幾次，都是『新瑟西爾髮型』。」

「對，沒錯。」

果然如我所料！

「今天想剪怎樣的髮型？」

「嗯，暫時不剪。請問……」

「什麼事？」

「我最近一次來是何時？」

店員看著資料卡應道：「上個月。五月十六日。」

是三個月前，她捲款潛逃後沒換美容院！

「這期間我搬過一次家，資料卡寫的似乎是舊址。」

「是嗎？這邊變更過喔。」

「咦，變更？啥時？」

「上次您光顧的時候，請看。」

店員出示資料欄位塡的地址，聰美牢記腦中後，急忙奔出店外。

雖然帶著巨款潛逃，終究是門外漢。儘管水田從「加勒比」和蘆原面前消失，卻憨直地在常去的美容院的顧客資料卡塡上新住址。

一點都不可怕。對方不過是個女人，且年紀和我相當。聰美想當面說她幾句，「加勒比」的員工應該也想見她吧。

那是一棟白磁磚外觀的大樓，位於江戶川區的小松川，似乎落成不久，玄關富麗堂皇。聰美推開大門，走進大廳。正面有排信箱，「805室」上貼著「水田」。

聰美暗自調整呼吸時，背後傳來一聲叫喚。原來是大樓管理員。

「請問您找誰？」

「805室的水田小姐。」

管理員皺起眉頭。「您認識她嗎？」

「呃……」聰美靈機一動，「我是她表妹。」

管理員觀察著聰美。「難怪長得這麼像。哎呀，眞是幫了我大忙。」

「怎麼回事？」

「這半個月水田小姐都不在家，她向推銷員買的東西全堆在這裡。因爲收貨後得付錢，眞是傷透我的腦筋。」

聽美大失所望。莫非她已逃走？原來她沒那麼笨嘛。

「她沒付房租嗎？」

管理員笑道：「這間房是她買下的，但不曉得是用什麼方法。」

他的笑中帶著一絲輕蔑。

聽美鼓起勇氣說：「我想進屋看看，您能幫忙開門嗎？假如您願意陪同，我會很感激的。我也一直聯絡不上她，大家都很擔心。」

管理員同意她的要求。打開805室的門，走進凌亂的屋內，聽美發現廚房餐桌上有封署名給她的信，筆跡十分工整。

寫信的是蘆原庄司。

長崎聽美小姐：

謝謝妳找到這裡，我一直相信妳會展開調查。

妳應該已知曉我的事。當妳看到這封信時，我大概早不在人世。

屋主水田令子曾是我的情人。她利用盜走的一千兩百萬買下此處，不足的頭期款及每個月的貸款，則從別的男人身上詐。她就是這樣的女人。

令子逃跑後，我隨即報案。但警方並未受理，因爲令子供稱「我沒捲款潛逃，這是蘆原給的分手費」，我束手無策。

她一開始打的就是這個算盤。警方抽手後，她便將之前在我餐廳工作時的住處退租，搬來這裡。不用說，我當時還不清楚她藏身何方。於是，我向搬家公司打聽，好不容易在五月底找到她的落腳處。

見面後，理所當然地，我們激烈爭執起來。

我勒死她，並埋屍於遠處的深山。隨信附上地圖，請轉交警方。

我明白自己犯下滔天大罪，卻始終默不作聲。令子的新男友應該不曉得我的存在，況且她沒別的密友，我原以為她將隱沒在眾多下落不明的人口中。

然而，妻子察覺出我殺害令子。

她敏感地注意到我態度微妙的變化。

每次她逼問，我都加以否認。堅決否認。但她似乎已看出我在說謊。或許是同情我，她故意裝出蒙在鼓裡的模樣。

接著，她吐露「想死」的念頭。

我也覺得這是最好的辦法。「加勒比」倒閉後，我已失去生存的目的。

我要永遠為妻子守住這個謊言，這是我唯一的心願。我沒殺令子，她還活著，我一直尋覓她的蹤跡。我想在完滿這齣戲的情況下，迎向生命盡頭。妻子肯定也希望我別坦白眞相，什麼也別說。

這時，我看到妳的照片。妳上司黑坂拿來的那張照片。

妳和令子長得很像。當然，妳們的本性截然不同，不過外貌非常相似。我隱隱感覺到其中蘊含的意義。

假裝在路上巧遇妳，接著，讓妻子聽見我大喊「啊，是令子！終於找到她！」演完最後一場戲，然後共赴黃泉。我開始擬定這項計畫。

我認爲這是最好的結局。

將妳捲進這場風波，眞的很抱歉。不過，黑坂如此形容妳：

「她頭腦聰明、幹勁十足，可惜不是男人，否則我一定會將她培養成得力的左右手。」

我笑他的想法太老舊，即使是女性，有能力便該好好培育。

而後我突然想到，若是妳，就算被拉入這齣戲也沒問題。妳肯定能扮演好自身的角色，替一切畫下完美的句點。

理想的計畫是，與星期天在河堤慢跑的妳不期而遇。假如是衝撞意外，一切將在瞬間結束，妻子應該不會受苦。

由於某個偶然的惡作劇，造就妳我相遇的另一個契機，這也算是命運的安排。不過，結局都一樣。面對我們的死、臨終前說的話，妳一定會很納悶吧。然後，妳將著手調查眞相。我懷抱著期待，寫下這封信。

爲實行這項計畫，我稍微觀察過妳的生活，眞的很對不起，請原諒。

最後，非常感謝妳。請代我問候黑坂。

聽美讀完信，不由得雙手掩面。

當晚，她在河堤下的道路旁巧遇蘆原夫婦，純屬偶然。那是個意外，那項計畫原是爲另一時機所準備。

但蘆原充分利用這突如其來的偶然。或許他判斷趁深夜時分、四下無人，比較容易實行，且聰美也不會感到危險。

然而，過程中有個小出入。關鍵時刻，蘆原仍轉動方向盤想救妻子一命，可惜終究未能如願。

「小姐，怎麼啦？沒事吧？」

管理員出聲叫喚，聰美轉頭回以微笑。

「抱歉，我沒事。請問哪裡有電話？」

「這裡有。妳要做什麼？」

「打一一〇。」

拿起話筒、按下按鈕，聰美撥打有生之年不會想撥第二次的號碼，隔著窗戶凝望眼下的景致。

只見卑劣的街頭，六月的陰雨下個不停。

第四篇

聽得見嗎？

1

被搖醒後，勉才發現自己在打盹。

「到嘍，快醒來。」

母親望著他笑。

「真是個怪孩子，短短二十分鐘也能睡著。貨車的車架那麼舒服嗎？連坐在前座，媽媽的屁股都直發疼。」

母親說完，背對勉躍下車架。搬家工人緊接著爬上，俐落地解開用來固定貨物、防止翻覆的繩索。

「裡頭很熱吧？」一名搬家工人問。他應該是打工的大學生，且參加的是體育社團，寫著斗大「一指搬家」的T恤胸前顯得十分緊繃。

「不會，滿舒服的。」

勉回答後，年輕的搬家工人笑著說「你可真怪」便轉過身。這次背後露出公司名稱「東洋搬家服務」。

勉先坐在車架外緣，才慢慢落地。

略顯肥胖的搬家工人，從後面那台貨車搬下附輪子的推車，汗水沿著下巴滴落。父親站在一旁，雙手交抱在肚子上，抬頭盯著車架。

前來估價的人表示只要一輛大卡車便能一次搬完，但母親神情遺憾地搖搖頭。

「可是路很窄，車子沒辦法開到門前。」

「那派小型貨車跑兩趟？」

母親又搖頭。「這樣不好。派兩輛貨車不就能一次解決？來回跑相當麻煩。」

事後母親才告訴勉，道別一次已很難受，她不希望每次往返都向奶奶說再見。

不過，母親此刻精神百倍地指揮工人搬運，絲毫沒有不捨的樣子。她宛如逃出籠子的小鳥般活蹦亂跳，聲調也提高幾度，以女高音哼唱著「自由之歌」。

勉雙手插在褲袋，仰望露出貨車遮雨棚外的灰磚瓦屋頂，在心中暗暗說聲「你好」。

有個名詞叫「讓步」。

勉翻閱字典，上面解釋爲「互退一步，妥協」。

繼續查「妥協」，意思是「雙方各退一步，找出一致的意見，解決事情」。在這看起來似懂非懂的說明中，只有一個眞相。總之，若雙方都不肯「屈服」，一切的「妥協」皆不存在，「讓步」只會讓情況愈來愈糟。

這就是勉的母親與祖母間的關係。

婆媳倆都是不知讓步為何物的悍女，深信只要一退讓，原本自己支撐的世界，便會瞬間崩落頭頂。

她們都是橋墩，而連繫彼此的那座大橋，蓋得並不紮實。天上那位負責將人類安排至下界的造物主，不時犯下設計疏失。打懂事起，勉便不斷觀察著祂的疏失所引發的風波。

作菜時的調味、衣物的摺法、與鄰居的相處之道、中元節贈禮的挑選方式，乃至選用抽取式衛生紙的品牌，母親和祖母總是衝突不斷。勉常遭兩人的砲火波及。

若母親說「媽太寵勉了」，祖母便會反駁「明子，妳眞是專制的媽媽」，來回攻防不懈。每當爭執一起，勉就像軟弱無力的聯合國軍，夾在兩名獨裁者中間，時而悲傷，時而忿恨，最後仍是舉白旗投降。即使祖母沒寵他，考試依然偶爾會拿零分；即便母親沒逼他，只要覺得有趣，他還是會乖乖上補習班。孩子都明白，大人高舉的那面「權威大旗」往往是假的，才顯得金光閃閃。

勉今年十二歲，明年春天便要升國中。祖母與母親的戰火延燒十二個年頭，他早已看膩，越戰也不過八年。

所以，三個月前雙親決定與祖母分居時，勉著實鬆口氣。「安心」這句話的含意，他終於親身體認。

重要的決定，通常是竊竊私語下的決策。六月底，一個梅雨濡濕窗戶的悶熱夜晚，勉耳朵緊貼房間地板，聽見樓下傳來的雙親交談聲。

「我認為這是最好的選擇。我也很累，實在忍不下去。我曉得不管怎麼努力，都無法跟媽和平共處。」

「這次我再如何勸說，妳都不會重新考慮吧？」

「你打算選媽當共度餘生的伴侶，還是要選我和勉？振作一點，這可是你的問題。」

父親沉默不語。

「我們結婚後便和媽同住。我根本沒新婚生活，也從未有過正常的夫妻生活，才會只有勉這個孩子。」

「妳這樣講太過分。」

「媽就是離不開自己的孩子。她認定我奪走你，於是勉出生後，她報仇似地想從我手中搶走勉。她反對我餵勉母乳，也是這緣故。每次我餵勉喝奶，她便有種挫敗感。」

「妳真能翻舊帳。」

「我心底的怨恨就是這麼深。總之，我已到極限。反正勉要念的是私立中學，不必擔心轉學的事。我們搬出去住吧，媽一定沒問題的。她那麼硬朗，只要固定給生活費便行，萬一出狀況，到時候再說……」

這番談話起於父親的升遷。他的薪水提高，縱使搬出去住，也有餘力補貼祖母的生活費。既然彼此摩擦不斷，相互嫌棄，爲何還勉強住一起？

勉也覺得沒必要。

所以他贊成父母的提議。不過，條件是不能住太遠。身爲孫子，若做不到這最基本的讓步，祖母就太可憐了。

「我會常回來玩的。」勉說，祖母靜靜微笑。

儘管才十二歲，但勉知道，有些人永遠無法共同生活。這並非罪過，而是無奈，好比香蕉和栗子樹不可能種在同一座庭院。

只是，每每想起講著「我們三個人一起生活吧，這是我和你爸討論後的決定。你也贊成吧？」的母親，勉就不禁心情沉重。

母親難掩喜悅。這樣也好，她再也不必待在那裡說些虛假的表面話。勉慶幸她的坦白。

然而，當母親問「你也贊成吧？」時，勉稍有遲疑，她隨即閃現逼問的眼神，彷彿在指責「你到底站哪邊」，令他無比痛苦。

（你剛剛在猶豫？下次回答時膽敢如此，我絕不饒你。你可是我兒子啊。）

那時，母親的眞實心聲已伸出無影手，賞勉一巴掌。

今天早上坐進貨車的車架，放下遮雨棚，再也看不見祖母時，勉以一種近乎宣誓的嚴肅態度思索著。

等我長大，一定要盡早離家。

此刻，在九月殘暑的熱氣籠罩下，勉站在今後要與父母同住的家門前，等候那天的到來。

2

搬家進行得很順利。下午三點後，大部分的行李都已收放在指定的位置上。

那名年輕搬家工人負責將家具搬入勉的房間。汗水濕透的T恤，緊貼著他的前胸和後背。勉跟著從旁幫忙，進進出出地，很快也變得和他一樣。

兩人邊工作邊聊天，勉發現彼此有類似的煩惱，名字都相當罕見。

勉的全名是「峪勉」，至今沒人能一次念對。

「大家嫌麻煩，通常直接叫我『山谷』。」

對方組裝著鐵管床，哈哈大笑。

「當初看到顧客訂單時，我也這麼念。」

接著，男子說他叫「鬼瓦健司（Onigawara Kenji）」，勉驚訝得差點往後倒。

「健康的健，公司的司。至於姓嘛，直接寫成『鬼瓦』（註）。有些人可能覺得直呼我鬼瓦很失禮，而刻意改變念法問『你叫Kigawara嗎』。」

勉猜得沒錯，他是來打工的。本業是勉也曉得的知名大學經濟系二年級生。

窗邊的書桌裝好後，整間房顯得有模有樣。健司不禁稱讚「眞是不錯」。

這裡位於二樓邊間面南，採光良好。從窗戶往下望，只見整座市鎭擠滿房子，幸好離國道有段距離，沒有噪音的困擾。

地板採木片貼花，牆上則鋪著淡綠壁紙。勉的父母買下這幢「屋齡十五年」的房子時，光重新裝潢就耗費約四百萬圓。看來這筆錢花得有價値，室內煥然一新。

「住這麼棒的房間，非好好念書不可。」

勉莞爾一笑。「不管怎樣，明年我都得報考。」

健司微微挑眉。「咦，小弟，你要讀私立中學嗎？」

「嗯。」

「那你以後可是菁英呢。」

「會嘛？」

「這一帶大多如此。」

健司自信滿滿地斷言，勉一臉有話想問。於是，健司笑著說：「我家也在鎮上。」

「眞的？好巧。」

「從這邊走路只要五分鐘，是家叫『山庄』的手工煎餅店。」

「我去買的話，能算便宜點嗎？」

「你倒挺精的。」

樓下傳來「一起喝茶吧」的叫喚聲。勉覺得有些遺憾，他想和健司多聊一會兒。

「這裡比較涼爽。」他試著開口。「而且還沒整理完……」

對方微笑。「我端茶過來。」

勉也回以一笑。「我去吧。」

當勉拿著兩罐冰涼的咖啡返回時，健司坐在彈簧裸露的床上，雙手朝臉搧風。

冰咖啡一口氣滑入喉中，暢快得令兩人忍不住發出讚歎。

註：日本傳統建築的中梁兩端所架設的板狀瓦片，常是鬼面造型。

「小弟，你怎麼無精打采的。」

健司說道，並未看向勉。眞敏銳，勉詫異地想。他的眼力是在一趟趟搬家過程中，培養出來的嗎？

「你不喜歡搬家嗎？」

勉搖搖頭。

「覺得轉學麻煩？」

「有一點。」

「你的名字很特別，大家很快就會記住你。」健司苦笑。「你要念的小學，應該是我的母校吧。假如你到三樓理科教室旁的廁所，不妨進去最裡面那間瞧瞧，上頭留有我的簽名。」

此時，窗下傳來轟隆隆的引擎聲，且不只一聲，而是接二連三，頑固地空踩油門。勉聽著刺耳，探頭往下看，原來是輛車身極低、方向盤在左側的車子，正倒車入庫。這間屋子的南側，與鄰居的車庫似乎僅有一牆之隔。

「技術眞爛。他那種開車方式，車子一定很想哭。」

健司放聲直說，並未壓低音量。不過，那駕駛只專注於眼前的事，完全沒抬頭。他空踩油門近十分鐘之久，好不容易停妥，旁觀的兩人才鬆口氣。

「要是半夜這樣搞可受不了。」

健司一臉同情。走出駕駛座的年輕男子，晃著手上的車鑰匙走進隔壁屋內。勉目送他的背影，厭煩地點點頭。

不祥的預感果然命中，勉當晚便被那空踩油門的噪音吵醒。

又來了，來得眞快。隔壁鄰居重覆著和白天相同的舉動。

（他這樣也能拿到駕照啊。）

拉過薄被蒙頭，勉靜靜忍耐。待聲響好不容易止歇，他卻睡意全消，突然想上廁所。

由於還住不慣新屋，勉緊握扶手，小心翼翼地步下樓梯。廁所在北側角落，得先穿越廚房。

不過，暫時沒有開燈的必要。爲新居特別訂製的窗簾趕不及今天送到，路燈的亮光透進室內。

沒算準的情況不止這樁。早該裝妥的家用電話，因想要的機種短缺，明天才會進貨。得知這兩件事沒處理好，母親火冒三丈。

「有什麼關係，寢室就先關上防雨窗，何況有前住戶留下的電話，姑且湊合著用吧。」

父親勸道。但完美主義者的母親，仍不停使性子碎碎念「人家想等一切備妥才開始新生活」。

前任住戶留下的電話，很像喜走懷舊風的NHK晨間連續劇裡會出現的機型。轉盤式黑話機、沉甸甸的話筒，鈴聲當然不比現今的電話柔和。

那電話放在廚房的一處鑲嵌式檯架上。勉從旁經過時，鈴聲倏然響起。

勉嚇一大跳，停下腳步。

但鈴聲戛然而止，沒有捲土重來的動靜。

勉思索一會兒，原地踱步。電話再度叮鈴響。

什麼嘛，原來是受震引起的，還眞老舊。

裝潢時，廁所從和式馬桶改爲歐式的免治馬桶，感覺很舒服。可是小號時用不上，且裝在馬桶旁的操作面板看著十分誇張，怪好笑的。勉竊竊笑著，走出廁所。

霎時，他猛然停步，尖叫一聲。

勉站在連接廚房與廁所的走廊上，能直接望見廚房和後面的起居室。起居室的金框大鏡子原應掛在牆上，但昨天忙不過來，便先靠在衣櫃前。

鏡面隱隱映照出人影。

那是個身穿白襯衫的男人，看不清長相。長褲雖是深色，腳底卻朦朧不清，就像……就像……像幽靈一樣。

勉雙目圓睜，咬住牙關，緊抓睡衣下襬，注視著眼前的景象。只見那道人影緩緩舉手，掌心朝向他，彷彿在查探情況，一副要穿出鏡子的模樣。

勉後退半步，電話霍然響起。他忍不住放聲尖叫，音量不輸迴響於廚房天花板的刺耳鈴聲。急促的腳步聲傳來，父親衝下樓、打開燈，瞄向表情僵硬的勉，拿起電話。

「咦，什麼？你打錯嘍。」

原來是有人撥錯號碼。父親擱下話筒，與揪緊睡衣前襟、站在樓梯轉角俯看的母親，不約而同地問：

「怎麼回事？」

勉抬起手，指著鏡子。

「幽、幽、幽……」

然而，「幽靈」還沒說完，勉發現鏡中的人影已消失無蹤。

3

隔天是轉學後的第一天。

今天的勉，宛如從舊學校跨越國境來到這所學校的移民。取得市民權前，很多方面非讓步不可。儘管不安，仍需暫時忍耐。

他依健司所言，往三樓廁所最裡間窺望，緊張的情緒略感放鬆。牆上寫著「鬼面來也」，像是飆車族留下的塗鴉。雖說是塗鴉，但文字陷入牆面，大概使用的是雕刻刀吧。想像著健司在狹窄的空間，一板一眼刻下這些麻煩的文字，勉愉快地步出廁所。

首日接近尾聲時，新朋友問勉「要不要來我家玩」，他只能帶著遺憾婉拒，因母親交代他直接回家。

今天一早，電器行來電，通知預訂的家用電話已到貨。

「媽得跑銀行和市公所，你能在家等電器行的人來嗎？」

勉聽從吩咐看家，順便整理自己的房間。

昨晚究竟是做夢還是錯覺？勉一頭霧水。現下回想起來並不覺得可怕，就算單獨待在偌大的屋裡，他也十分自在。

那到底是什麼？真怪異。

早上聊起這事，父母解釋「大概是你換枕頭，一時不習慣做的夢吧」。這時若強詞奪理地反駁「換的是房子，不是枕頭」，母親肯定會火冒三丈，所以勉只回句「說的也是」。

電器行的人在三點半左右抵達。對方畢恭畢敬地裝好話機後，告訴勉「請代爲向你母親問聲好」。

「拆掉的舊電話怎麼處理？是讓叔叔帶走，還是你們留著當裝飾？這挺像古董，滿有意思的。」

這項提議，勉聽著有點心動。如今已很少看到這種電話，擺在房間也不壞。

「我能收下嗎？」

「當然，我拿回去也只能扔掉。」

勉抱著黑色話機走上二樓，和鬧鐘一起放在小收納櫃上。如此擺設，看起來就像寢室的專用電話，感覺不賴。

美中不足的是，外表不太乾淨。前任屋主大概不常清潔，撥號轉盤又黑又髒，主機和電線也沾滿手垢和灰塵。

若要當裝飾，得先清理一番。勉拿來濕抹布和魔術靈，開始擦拭。不久，他想到蟑螂最喜歡棲息在這種老舊電器裡，爲避免日後挨母親嘮叨，檢查一下機器內部比較好。只要用吸塵器吸除塵埃，大致上便沒問題。

電話底部有塊以八枚螺絲固定的平板。勉的雙手還算靈巧，比父親會用螺絲起子。五分鐘後，他已拆下底板。

電話內部不如想像中那般布滿塵垢。不過這也是應該的，若沒相當的密合度，恐怕會常故障。打開後他才曉得，電話的構造出奇單純，尤其是眼前的機種。假如以多功能電話比喻現代人，這等於北京猿人的層級，構造當然簡單。

不過，仔細觀察後，勉心底浮現一種異樣感。

好奇怪，裝在裡面的機械怎麼看都很不自然。

那是形狀大小猶如兩只火柴盒並排的塑膠黑盒。長方形一頭延伸出兩條電線，前端各附有一枚鱷魚夾，夾著話機內的紅、白電線，其他部分並未固定。換句話說，這個黑色小盒子僅靠兩枚鱷魚夾嵌裝。

彷如有隻小手輕敲胸口，勉大吃一驚。

左瞧右瞧，這都不像電話原本的配備，而是多餘的。且鱷魚夾夾住紅白兩條電線的情景，莫名詭異。

（當中另有玄機。）

沒錯，他隱約感覺到某種不良企圖。

（難道這是……）

竊聽器？

屋內的空氣驟然變冷。

4

勉很快便找到手工煎餅店「山庄」。不過，這其實是家稍不注意就可能看漏的小店。

店頭擺有幾個盛滿圓煎餅的大玻璃盆，形狀像早期的潛水員頭盔。小小的展示櫃裡放著煎餅禮盒。

勉站在入口處，一股熱氣撲面而來。店內是小型的製造工廠。

負責顧店的女子，是健司的母親。面對勉這樣年幼的訪客，她頗感意外地說著「這倒希奇」，走進店內。

過一會兒才出現的健司，原本似乎在睡大頭覺。

「今天難得沒課。」健司以藝人般的口吻說道。

「大學不是常沒課嗎？」

他母親端著招待勉的麥茶，毫不客氣地反駁。

「這孩子看起來很聰明。」她眯起眼睛打量。「就算不是，也不能找我們健司當家教喔。他連九九乘法表都背不好。」

「我去洗把臉。」健司趕緊逃走。

「很熱吧？因爲屋裡使用炭火。」

健司的母親拿擺在一旁的圓扇替勉搧風。頓時有種備受呵護的感覺，勉很開心。

「這家店開相當久了吧？」

「也沒有，我們戰後才在這裡落腳。」

「妳的『戰後』是指日俄戰爭吧？」健司走過來，一屁股坐下。「你怎麼啦？又一臉無精打采。」

勉沒事先準備好說詞，顯得有些慌亂。

「我在那間屋子……發現一本舊書……我猜是前住戶的，不曉得該怎麼處理才好。」

那間屋子？健司的母親面露不解，健司連忙向她說明勉一家搬來鎮上的事。

「哦，你就是搬到三井先生家的那個男孩。」她立刻會意。「那裡終於找到買主。」

看來勉沒問錯方向。

「前任屋主是三井先生嗎？」

勉稍加套話，健司的母親隨即主動打開腦中的情報收集箱。

「他是個獨居老人，去年早春剛過世。定期到家中打掃的女傭發現他倒在浴室，緊急送往醫院，最後仍回天乏術。他好像有心臟方面的疾病。」

說到這裡，她神色有異，似乎是顧慮到勉的感受。

「不過，他已八十五歲，遲早會壽終正寢，這樣也不算什麼奇怪的死法。你儘管可以放心。」

勉點點頭，健司的母親心腸眞好。

「他一直是一個人生活嗎？」健司問。「應該有孩子住在別處吧？」

「沒錯，好像住在川崎一帶。我只有在三井先生葬禮幫忙時見過對方，所以不是很清楚。」

「賣那間房子的一定是他的家人。只要看買賣合約書，便能知道對方的地址吧？不妨試著聯絡，問問要怎麼處理。當初簽約時，你父母應該曾和對方會面。」

「三井先生是怎樣的人？」

「怎樣的……就很普通的老公公啊。」

「他以前是做什麼的？」

「只是當一個普通的老公公，還活到八十五歲哩。」

健司忍俊不禁。「人家是問他以前做什麼工作。」

「原來是問這個。」

她轉身朝廚房朗聲發話：

「爺爺，四丁目的榻榻米店附近，不是有一戶姓三井的？你記得那位老公公過去從事哪一行嗎？」

稍頃，一個沙啞的聲音應道：

「當老師。」

那口吻彷彿是將話語撕碎後擲回，勉不由得抬頭望向健司黝黑的臉龐。

「那是我爺爺。」

勉探頭一瞧，只見燒著炭火、宛如特大號烤肉架的烘爐前，有個老先生身穿運動服，脖子掛著汗巾，盤腿坐在地上。他拿著像超大冰夾的器具，俐落地替煎餅翻面。不過，他手動人不動，且眼睛半閉，好似在打盹。

爺爺再度拋出一句：

「他是師範學校的老師。我不喜歡他。」

健司的母親轉頭看著勉。「就是這樣，聽到了吧？」

「嗯。」

勉搔搔頭。雖然想多問一些，卻不曉得如何開口。

「三井先生是個神祕人物嗎？」

健司與母親互望一眼。

「不知道耶……他總是深居簡出。」

「你發現的那本『書』，是不是記載著什麼奇怪的內容？」

勉不置可否地點點頭。「我也不很清楚……」

健司的母親是個急性子，她掄起圓扇往健司頭上一敲，說道：

「健司，你跟他回去看一下。」

「這主意不錯。」健司站起身，接著語出驚人，令勉倒抽口氣。「也許三井先生戰時是間諜，那是他寫下的回憶錄。」

勉心想，搞不好不止戰時，直到臨終前他都持續著間諜工作。這時，專注於烤煎餅的老爺爺插話：

「說不定他的眞實身分是伊藤律（註）。」

步出店外，勉問：「伊藤律是誰啊？」

健司莞爾一笑。「你別當眞，我爺爺常開這種老掉牙的玩笑，大概是一氧化碳吸太多。」

不過，如此談笑只維持到進勉的家門前。

「其實沒找到什麼書，我發現的是這個。」

勉讓健司看安裝在電話裡的神祕小盒子。

「這應該是竊聽器吧？」

健司直立不動。

「這下可愈來愈像伊藤律……」

5

健司有個熟悉此道的朋友，所以勉暫時將黑色小盒子交給他保管。當晚，和父母用餐時，勉從旁「打聽」消息。

一問之下，已故的老人名叫三井光次郎。繼承這間屋子的是他的獨子三井明，目前和老婆及兩個小孩住在川崎市內。他是一家大型電腦公司的技術員，生活過得相當優渥。當初他與妻子到房屋仲介公司簽立買賣契約時，據說開的車是VOLVO。

「那個業界向來不曉得什麼叫不景氣。」父親說。

正因家境如此寬裕，才能放著現成的房子不住，與父親分居、另外置產，再僱用女傭照顧老父。

勉的父母不清楚那個鐘點女傭的姓名。

「你爲什麼想知道？」母親一反問，勉倒慌張起來。

「只是對前任屋主有點感興趣，難道妳不好奇嗎？」

母親收拾著碗盤，清楚地回答：「現下我們才是屋主。」

父親翻開報紙，勉仍不放棄。

「爸，聽說三井先生當過老師。」

「誰？噢，先前住這兒的老公公？」

「嗯，他好像任教於師範學校。」

父親從報紙後面探出頭，「哦，沒想到你也懂這麼老舊的名詞。」

這不值得誇讚，勉根本搞不清是哪幾個漢字，只覺得可能是寫成「市販學校」，八成是現今所謂的商業高中吧。

「所以應該是相當嚴厲的人。」父親翻著報紙，「三井先生……我是指他兒子，說他很可

註：日本的政治運動家，原屬共產黨。

怕。」

此時，在廚房洗碗的母親突然插話：

「好像還說他曾遭特高追捕？」

父親收起報紙。「對對對，他似乎一喝醉就會提起過去的事，他兒子可是傷透腦筋。」

「已故的三井先生嗎？」

「是啊。」

「特高是什麼？」

勉的父母互望一眼。

「正式名稱該怎麼講？」

「不知道。」

「學校沒教過？」

勉搖頭。「沒有。」

「那就不用管了。」

去洗澡吧。父親低語著站起身，補上一句：

「所謂的特高，好比是粗暴的間諜。」

勉的心頭一震。

字典上如此解釋：

「特高」，特別高等警察的簡稱，爲高等警察之一。在舊制中專門對付思想犯，直屬內務省，負責打壓社會運動。第二次世界大戰後廢止。

勉難以入眠。

三井光次郎這名老人，曾遭專門打壓社會運動的組織「特高」追捕，且生前居所的電話裝有竊聽器。莫非他何時與誰聯絡、說些什麼話，全遭監聽？

比起片長兩小時的懸疑連續劇，這更像「NHK特輯」。又一個隱藏在歷史背後的祕密，浮上檯面——就像這種味道。

不，這一點都不好笑。勉翻來覆去，下巴抵在枕頭上。

三井老先生真的是自然死亡嗎？

進一步細想後，他不禁毛骨悚然。若非壽終正寢，那是怎麼回事？

謀殺。

爲什麼？

三井老先生恐怕知道什麼不可告人的國家級大祕密，才會被監視，甚至殺害，不是嗎？

勉愈想愈害怕，不由得全身蜷縮。此時，樓下隱約傳來腳步聲。

他矍然一驚。是爸爸，還是媽媽？

不過，兩人向來睡得沉，震度三的地震都還吵不醒。何況廁所不在這裡，晚餐也沒吃特別鹹的菜，他們不可能半夜起床喝水。

鬧鐘指向一點四十分。

微弱的腳步聲再度傳來。不是屋內，是外面。周圍有人想潛入。

勉覺得口乾舌燥。

搞不好三井老先生真的留下什麼筆記，假如是殺害他的凶手進屋翻找，該怎麼辦？

勉彈起身，悄悄下床。由於沒任何可充當武器的東西，他隨手抓過一把三十公分的長尺。對方要是被打到，仍免不了一陣皮肉痛。

他緩緩走下樓梯。

窗簾還沒送到，和昨晚一樣，樓下的房間特別明亮。勉下樓後停步，雙手緊握長尺，觀察周遭的動靜。

接著，他不自主地咬緊牙關。

眼前的景象跟昨晚相同。鏡中浮現白色人影，手掌往身體前方探出，彷彿要穿出鏡子，走向他……

不，不對。不見了，人影消失無蹤。

勉動彈不得，呼吸只在齒縫間，抓著長尺的手隱隱發疼。這時，玄關突然響起開門聲，燈光大亮。勉瞬間渾身僵硬。

「原來是勉。你拿尺做什麼？」

是父親。

「總覺得屋子四周傳來腳步聲。」

一身睡衣的父親拿著手電筒。

「剛搬進這裡，爸爸也變得有點神經質。我到外面巡視，但沒發現可疑人物。只看見隔壁家的兒子從外頭返家。」

勉喘口氣，才問：「是倒車入庫很遜的那位嗎？」

「哦？今天他沒開車。」

「他是隔壁家的孩子嗎？」

父親笑道：「他在附近一家鐵工廠上班，聽說是個愛車狂，薪水全花在車子上。」

勉逐漸恢復冷靜。望著父親的白睡衣，他猛然浮現一個念頭。

「爸，你在屋外巡視時，有沒有靠近窗戶窺望起居室？」

「嗯。」父親直率承認。

「你能再做一次嗎？」

儘管滿心疑惑，父親仍照勉的話移動。會接受孩子這種無來由請求的，往往只有爲人父者。

不出所料，父親站在起居室窗外，鏡中馬上出現幽靈。根本沒什麼大事，只是窗外人影映照在起居室的鏡子上而已。

父親回來後，經勉一解釋，兩人都笑了。然而，不一會兒，父親補上一句：

「可是，爸爸昨天沒這麼做耶。」

6

隔天。

放學後，勉直奔「山庄」，告訴健司這些日子的進展。不給健司任何發問的機會，勉一口氣說完最近的遭遇及心中的想法，忍不住氣喘吁吁。

「以前監視三井先生的人，還繼續監視著我們。在家中遭殺害的三井先生，或許留下什麼東西！」

健司沉默片刻，目不轉睛地望著勉，接著……

噗哧一笑。儘管他一再道歉，仍笑個不停。

「幹嘛笑？」

健司一手擺在心急的勉頭上，另一手按著肚子，重新說聲「抱歉」。

「我把事情渲染得太嚴重，難怪你會胡思亂想。不過你頭腦眞好，竟能講得煞有其事。」

健司讓勉坐下後，開始解釋：

「幼稚……」

「我朋友說，確實是竊聽器沒錯，但這算是幼稚的低階機種。」

「嗯。首先，雖然機器裝在話機內，但竊聽的卻不是通話的內容，而是透過線路接收電話所在處的聲響。」

「那爲什麼要裝在電話裡？」

「電源來自電話，且這樣竊聽的一方不就能透過話筒監聽？」

勉緩緩點頭。

「只要裝妥，接下來就很簡單。先打給對方隨便講幾句，然後算準時機，讓對方先掛斷。因爲在話筒掛上後的兩、三秒內，依然會保持連線。喏，『嘟——嘟——』聲不是都遲些才出現？」

「好像是……」

「趁尚未斷線的這幾秒，趕緊吹響體育老師用的那種哨子。在此訊號下，另一頭的竊聽器便會啓動，接著只要靜靜的聽就行。」

原來如此，勉終於明白是怎麼回事。但他還是不懂健司爲何笑成這樣，這仍是竊聽啊。

「不過，如同我前面所提，這是很幼稚的機器，涵蓋範圍頂多只有四張半到六張榻榻米。況且，若裝設電話的房裡開著電視或廣播，只會捕捉到那些聲音，成效不彰。再加上每回啓動機器都得打電話，無法用在陌生人家中。總不能老靠一句『對不起，打錯了』吧？」

「這樣很容易被發現……」

「沒錯。換言之，若挑這種竊聽器，得先專程潛入對方家中設定電話，可是卻沒太大的效果。現下多得是性能更好的機種，不必改裝電話就能清楚竊聽。朋友告訴我，行家絕對不會選擇這玩意。」

「特高」、「謀略」、「間諜」這些字眼，登時從勉的腦中消失。

「不過，這東西確實裝設在三井先生的電話裡。」健司繼續道。

「只要到秋葉原的電器街，即可輕鬆買到這種機器，價格約四、五萬圓。裝設方法也很簡單吧？只要鱷魚夾便能搞定，連我們這樣的門外漢也辦得到。問題在於，這是誰動的手腳？」

勉抬起頭。

「我請教過朋友，怎樣的人會在獨居老公公家中裝設這種東西？」

勉傾身向前。「他說什麼？」

健司微微皺起那張和善的臉。

「他馬上回答，『家人』。」

7

週六下午，勉請健司陪他拜訪位於川崎的三井家。

所幸勉只是個小孩。三井夫婦雖然驚訝，但並未生氣。兩人招呼勉進客廳，聽他說明緣由。

兩人感覺很活潑。玄關旁立著兩支網球拍，停在車棚裡的車子則加裝有車頂架。想必是夏天載衝浪板、冬天載滑雪器具，喜歡帶著孩子四處出遊，熱愛戶外活動的一家。

三井先生的銀色鏡框閃閃發光，他習慣不時以食指推推眼鏡。夫人是個大美女，圍裙上沒半點污漬或皺褶。

聽完勉的話，夫婦倆茫然對視半晌。

「可是……」三井明乾咳一聲，轉身面向勉和健司。「我們沒在家父住處裝竊聽器啊。」

「沒那必要。」夫人接著道。

「眞的是竊聽器嗎？」

「對。」

健司出示實物，向兩人解釋。由於離週末還有一點時間，他以自家的電話實驗過，這黑色小盒子的確是竊聽器。

「爲什麼這種東西會……」

三井明摘下眼鏡，按著鼻梁低頭沉思。勉一時也無言以對。

「這樣說很失禮。」健司撫著後頸開口，「但請當我在胡言亂語吧。舉個例子，會不會是財產分配起爭執，由於不確定令尊有沒有留下遺書，認爲必需掌握他的動向……不，這眞是我個人的臆測。」

面對搖著手的健司，三井明與妻子互望一眼，笑道：

「沒這回事。我是獨生子，且家父無私生子女。唯一留下的那棟房屋，若非地價攀升，也不像什麼遺產。」

他嘆口氣。「你們懷疑我竊聽家父，是吧？讓八十五歲高齡的父親獨居，像我這麼冷漠的兒子，就算被當成爲了私欲什麼都做得出來的人也沒辦法。」

夫人拉直圍裙站起身，走進廚房。

勉態度堅定地說：「不是的。」

「咦？」

「事情不像您講的這樣，因爲我家情形相同。」

勉道出家中的情況，三井明睜大眼聆聽。

「所以我不認爲您冷漠。世上總有些事無法盡如人意，我家也是。媽媽和奶奶分開住後，感覺溫柔許多。」

這是事實。勉的母親常打電話給祖母，明天一家三口還要回去看她。

「是嗎？」三井先生緩聲道。他推推眼鏡，思索一會兒後開口：

「家父是個嚴厲的人。從小我便認爲，沒有誰比他更可怕。如今回想起來，那或許是我面對父親的自卑心理。不過，沒辦法，只要待在他身邊，我就覺得自己很沒用。」

夫人端著托盤從廚房走來，紅茶香氣四溢。

「家父性情剛強，說是一個人住較輕鬆自在。當初安排女傭時，他還大發脾氣地表示能照顧好自己，眞的很頑固。」

「您會回老家探望嗎？」健司問。

「大約一個月一次。有時是我們去，有時是家父過來。不過，就算他說要來，也都是我開車去接他。」

三井明請勉和健司喝茶，接著端起熱氣直冒的茶杯。

「最後一次見面，是父親過世前半個月的事。看他拿不穩筷子，我心裡十分不安，於是開口邀他和我們住一陣子，但他固執地一口回絕。他唯一硬朗的，只有脾氣。他還說，隔壁家的兒子開車技術很差，倒車入庫從未一次成功，半夜吵得讓人無法忍受，得好好罵一頓。」

勉忍不住微笑。三井先生去年早春逝世，經過一年，隔壁家兒子的駕駛技術依舊沒半點長進。

「那鄰居仍是老樣子，總空踩油門。」

勉說完，三井先生也忍俊不禁。只是他很快便收起笑容。

四人沉默地喝著紅茶。待杯子見底，意識到已無話可談，勉和健司向三井先生道別。此時，三井家的女兒剛好從外頭返家。她快步衝進屋內。

「糟糕，不快換衣服會遲到……哦，有客人？」

她穿著沾滿泥巴的運動服，皮膚晒成漂亮的古銅色。三井夫人笑著向勉他們解釋。

「這樣和兩位見面，眞抱歉。她是我們的長女，週末在鎮上社區俱樂部的網球社團擔任教練。」

驀地，勉發現她脖子上掛著某個東西。

「啊，是哨子。」

那是白色的哨子，體育老師常用的那種。

「咦，這個嗎？」女兒笑道。「好像很了不起，酷吧？」

除了她以外，其餘四人聽從號令般立刻彼此互望。

「有什麼不對勁？」

三井先生問一臉詫異的女兒：「這哨子哪來的？妳買的？」

她回以一笑。

「才不是。忘了嗎？這是我分到的遺物，原本收在爺爺家，不曉得幹嘛用的……哎，你們怎麼啦？」

8

回程的電車擠滿人，和勉的心情一樣，沉重地前行。

「那個竊聽器是三井老先生裝的吧。」

勉望著窗外低語。健司也沒看他，逕自答道：

「應該吧。」

「爲什麼？」

「大概是用來實驗。」

健司輕拍勉的腦袋。

「可能打算日後裝在兒子家的電話裡，所以先測試效果如何，能否順利安裝。不料，等不到行動的那天，他便撒手人寰，竊聽器就留了下來。」

「這是爲什麼？」勉再度低喃。「他怎會想裝竊聽器？」

這次健司沒回答。

那天晚上——

輾轉難眠之際，勉又聽見空踩油門聲。

眞的很遜……這樣非常傷車……不過話說回來，他的駕駛技術一直沒進步也很不簡單。

接著，勉猛然驚覺。

（看他拿不穩筷子……）

（吵得讓人無法忍受，得好好罵一頓。）

這有可能嗎？

勉連忙拿著竊聽器下樓，從玄關大門衝向鄰居的車棚。

好不容易停妥，對方開門下車。勉輕輕喚句「晚安」。

對方「哇」地大叫。路燈下，只見他眞的一臉驚嚇。沒錯，是隔壁屋主的兒子。

「你搞什麼！」

「抱歉，我被引擎聲吵醒。」

隔壁屋主的兒子撇下嘴角。勉以爲對方會大聲咆哮，沒想到他卻說：

「不要欺負我嘛，我不是故意的，車庫太小……好啦，都怪我技術太爛。不過，雖然不怎麼會倒車入庫，我也是有駕照的。沒辦法，誰教我天生笨手笨腳。」

勉噗哧一笑。「沒關係，我不是來抱怨的，只是……」

「只是？」

「之前住這裡的三井老先生罵過你吧？」

男子頓時沉默，勉拿出那個竊聽器讓他看清楚。

「你見過這個嗎？」

男子目瞪口呆。

「這東西還放在電話裡嗎？」

果然如勉所料。

「那是去年三月的事。我比平時晚回家，把車停進車庫後，三井老先生開窗探出頭。前一天晚上我才被他狠狠訓一頓，所以很想轉身逃跑。這時，老先生招手要我過去。我暗暗猜測，他到底找我做什麼……」

原來是想請他幫忙拆下電話底板，裝上這個黑色小盒子。

「他告訴我，要是肯幫忙，今後我停車時發出噪音，他便睜隻眼閉隻眼。我不希望每次挨罵，於是答應他的要求。」

男子當下多少感到不太對勁。

「不覺得奇怪嗎？我問那是什麼，他只回答『這是重要的實驗，別知道的好』，不肯透露詳情。」

「重要的實驗……」

「沒錯。我聽附近的人說，他年輕時曾遭警察追捕。我家在這鎮上住得夠久，知道不少這方面的傳聞。」

裝完黑色小盒子後，三井老先生命令他「絕不能洩漏此事」。

「老實講，當時我害怕得要命。不過，老先生沒多久便去世。」

從那之後，鄰居這個「三流駕駛」益發忐忑不安。

「我心想……那東西該不會還留在話機裡吧？那究竟是什麼？假如用來做壞事可大大不妙，上面有我的指紋啊。我非常緊張，急著弄到那具電話。然而，明明已成空屋，電話仍一直擺在原位。

何況大門深鎖，要是被抓到擅闖民宅，我就虧大了，眞不曉得該怎麼辦才好。」

此時，勉他們一家搬來這裡。

「我暗忖，新住戶應該會丟掉舊話機，所以偷空在房子四周徘徊，伺機而動。」

這就是「可疑人影」的眞實身分。

勉帶著隔壁家的兒子走到附近一座橋上，將黑色小盒子丟入河中。

「老先生爲啥要我做那種事？」

「因爲他沒辦法用螺絲起子。」

儘管謎團已解開，勉依然輾轉難眠。

他躺在床上仰望天花板，向眼前的黑暗發問。三井老先生爲何想在兒子家裝竊聽器？拿家中電話實驗成功時，老先生不知是怎樣的心情？爲何完成實驗後，他沒馬上叫隔壁那個大哥取出竊聽器？不是要裝到兒子家的話機內嗎？

勉盯著天花板頻頻眨眼。

一定是老先生明白，這種事他辦不到。

撥打電話，和某人交談。不過，他眞正想聽的，是不管說得再多也無從知曉的事：結束通話後，對方和身旁人的閒聊……

不過，那樣其實非常恐怖。眞相，及眞心話，往往會以極爲殘酷的形態浮現。

（我曾開口邀他過來住一陣子。）

你是認眞的嗎？若這麼問，兒子應該會回答「沒錯」。然而，即使追問「實際上你心底是怎麼想的」，想必他也不會坦誠相告。

沒關係，我不在乎。好比香蕉和栗子樹不能種在同一座庭院，這世上就是有人沒辦法一起生活。

就是有這麼無可奈何的事。

好比從出生那一刻起便一直緊跟著自己，艱澀難念的罕見名字。

如同再練習也難以克服的笨拙天性。

就是有這麼無可奈何的事。

不過，希望你能明白兩者無法種在同一座庭院的道理，以及我的孤寂。掛斷電話後，你是否能聽見我的心聲？

我想知道，卻又害怕知道。

勉從床上起身，拿起已成爲裝飾品的黑色電話的沉重話筒，輕輕貼在耳邊。

哈囉，哈囉。

——聽得見嗎？

驀地，一陣微風拂過，宛如某個老者輕輕撫摸勉的頭，留下乾癟的觸感。

勉轉身望去，卻空無一人。

這次純粹是錯覺，不過是初秋夜風潛入窗縫，向他開的玩笑罷了。

第五篇

不要背叛

1

加賀美敦夫穿著睡衣刷牙洗臉，以毛巾擦手後，走進廚房。見道子在瓦斯爐前攪拌味噌湯，加賀美口齒含糊地說聲「早安」。妻子問他：

「要加蛋嗎？」

「好。」

道子俐落地轉身打開冰箱取出雞蛋，單手往鍋緣一敲，打破蛋殼。同時，熄去爐火，蓋上蓋子。三、四分鐘後，蛋便凝固成加賀美喜歡的硬度。

道子一口氣煎完蛋，才注意到加賀美的舉動。

「哎呀。」她低語。「好久沒看你這麼做。」

「嗯。」

加賀美應著，在面東的廚房窗邊，擺上一個從酒館要來的豪飲用小酒杯。沐浴著二月中旬的晨光，濃度略高於自來水的液體，在酒杯一角形成歪曲的彩虹。

「案子很難辦嗎？」道子望著酒杯問。

「還不清楚。」

「案情明朗嗎？」

「目前只曉得死因不單純。」

「那麼，或許是事故？」

「不，自殺的可能性很高。」

「除了你，大家都這麼認爲吧？」

面對刺目的陽光，加賀美頻頻眨眼。道子催促丈夫用餐：

「蛋要變硬嘍。」

加賀美任職於城南警署搜查課，今年邁入第十五個年頭。偵辦凶殺案期間，他每天早晨都會朝東方供上一杯酒，直到逮捕罪犯爲止。這是他升巡查部長後持續五年的習慣。

五年來，在他手中水落石出的凶殺案，包括一起強盜殺人、兩起感情糾紛，及一起酒友吵架失控。四件案子都是無可救藥的荒唐事，不過實際情況卻簡單明瞭。即使是最費工夫的，也在展開搜查兩個月後宣告破案，連供酒祭神的步驟都免了。

此外，還有兩起案件是加賀美在祭酒後擅自展開調查。分別是十五歲少女的失蹤案，及老婆婆的猝死案。前者至今未破案，但那女孩在鄰居眼中是「出名的太妹」，連雙親都認爲她是任性翹家。

少女失蹤後的十天裡，加賀美每天奉酒，直到第十一天早上才作罷。她的父母和兄弟則匆匆遷居，像在表示「那個太妹要是回來，我們可無福消受」。

通知加賀美這消息的同僚，拍拍他的肩膀安慰道：

「加賀美兄，根本沒人在乎那女孩。既然要找，應該選擇更值得找的人吧？我們有很多事要費神哪。」

確實，加賀美手邊尚有別的案件需處理。和其他城南署搜查課的夥件一樣，他也是百忙纏身。面對沒人期待，且以「離家出走」作結的案子，他心知已無法繼續追查，卻仍悶悶不樂一整天。

而警方一度研判死於心臟衰竭的老婆婆，其實是遭謀殺。八十歲的老婆婆臥病在床八年，家人爲她進行安樂死。

加賀美注意到照顧老婆婆的婦人胳膊上有輕微抓傷，於是暗中緊盯家屬。那婦人察覺時，頓顯驚慌失措。加賀美供酒的第三天，她在丈夫的陪同下至警署自首。

「是媽拜託我讓她解脫的。」婦人供稱。

豈料，老婆婆在臨終之際突然改變主意。儘管枕頭悶住口鼻，她依然奮力抵抗，想抓開媳婦的手臂。偵訊完婦人，加賀美當晚喝得酩酊大醉，口中那不舒服的餘味卻始終無法消散。

或許，這便是他朝東供奉的那杯酒眞正的味道。

清晨的車站寒氣逼人。加賀美搭車的總武線錦糸町站，由於沒有建築物阻擋北風，更是侵肌透骨。電車進站前，甚至有通勤的乘客縮著身子躲在樓梯下。

加賀美身旁一名以帽子、手套和圍巾全副武裝的女子凍得鼻頭泛紅，專注地看著文庫本。加賀美望向那像親自編織的紅手套，想起這次讓他供酒祈求破案的年輕女孩。

纏著印有羊毛標幟的喀什米爾圍巾的她，似乎不懂編織，戴著上等小羊皮手套的手伸向中央分隔線，倒臥在地。

她名叫大浦道惠，得年二十一歲四個月，生前在銀座七丁目的畫廊上班。昨晚……沒錯，在週末即將到來的星期四，東京逐漸瀰漫歡樂氣氛的深夜時分，回家途中，她從住家附近的天橋上墜落身亡。

2

站在「伊藤共同住宅」前，仁科浩司因寒冷難耐而縮著脖子。他雙手插著口袋，來回踱步，彷彿已等一小時之久。加賀美邊揚聲呼喚邊走近，仁科吐著濃濃白煙回禮。

「和房東打過招呼，他說死者家屬下午才會趕到。」

「她的故鄉在哪？」

「長崎。」

「有直達的班機吧？」

「有。不過，從他們家到機場車程要兩小時，這比較麻煩。」

「伊藤共同住宅」是棟雙層木造公寓，但造型並不老舊，房頂和聖誕蛋糕上的砂糖屋一模一樣。外觀以奶油色護牆板裝潢，還設有外推窗和白色扶手。樓梯前方有六個木製信箱，203號上寫著「大浦」。

加賀美打開信箱，裡頭空空如也。仁科馬上說道：

「她似乎沒訂報。」

加賀美心想，沒電視節目表不覺得困擾嗎？

「進去看看吧。」

加賀美率先走上樓梯。

大浦道惠死於凌晨零點二十分。接獲報案的加賀美等人趕至現場時，研判自殺、他殺或意外身亡都有可能。

首先排除是「意外身亡」。現場天橋的扶手很高，且相當牢固。若不是刻意跨越，或遭強力撞飛，翻過扶手絕非易事，不慎墜落的機率極低。

那麼，是自殺還是他殺？

發生命案的天橋，坐落在四線的主幹道路上。夜間雖然車流量銳減，但大夥都超速行駛，道惠幸運地落在車輛之間，沒造成二次災難。只是，僅有在十五公尺遠處等紅綠燈的一名計程車司機目擊過程。

那司機大吃一驚，和兩名乘客一起衝出車外。他們飛奔而至時，道惠俯臥在地，鮮血從顱內緩緩流出，向外擴散。救護車抵達時，她已不再流血。救護員確認她無生命跡象後，空車離去。

據司機和兩名乘客表示，事發時道惠身旁沒其他人，否則應該會發現才對。當然，他們也沒聽見有誰逃離的腳步聲。

「她是自己往下跳的，肯定沒錯。」司機說得斬釘截鐵。

然而，天橋兩端的樓梯方向不同。從三人所站之處，也就是道惠倒臥的位置，看不到馬路對面的階梯，只能瞧見這側的。趁他們注意力全放在道惠身上，凶嫌不難自天橋逃逸。至於腳步聲，脫掉鞋子即可消除。

況且，這個季節的天橋扶手上搭有防風鐵皮，弓身便能隱藏形影。

目前看來，自殺和他殺的可能性各半。

不過，另有一項線索。推定的墜落點附近留下道惠的高跟鞋，外加掉在一旁的手提包內現金原封不動，「自殺」的可能性頓時提高不少。

「但眼下一切或許是凶手精心設計的，這麼快鎖定辦案方向，風險豈不很高？」

昨晚，仁科向加賀美他們所屬的搜查班班長據理力爭，班長的臉龐因寒冷與不悅脹得通紅。

「應該跟警察廳聯絡，請求支援比較好吧？」

仁科提議，加賀美手肘輕輕一撞，要他閉嘴。

加賀美很清楚，這名年輕刑警滿懷期待，希望警察廳前來設立搜查總部，好辦場大案子。果眞如此，那可不是「支援」。到時，他們負責搜查，我方僅能在後頭「支援」，或變成會行走說話的人肉地圖專門帶路。

挨幾下輕撞，仁科不滿地鼓起腮幫子，終究閉上嘴。不過，他是在看見袋裡接連取出蓋有透支印章的銀行存簿、各種信用卡，及個人信貸現金卡後，才眞正不再有異議。

「雖然仍得確認證據的眞僞，但加賀美兄，瞧瞧這麼多欠款，難怪她對未來心生絕望。」紅臉班長有感而發。

透過袋子裡的健保卡，警方馬上掌握她的住址。可是加賀美建議，踏進伊藤共同住宅203室前，先請鑑識課到現場調查一番。

因爲道惠的短髮梳理得很整齊，發出濃郁的噴霧髮膠香味，細小的髮絲落在後頸和襯衫領口。

「她剛上過美容院，若曾回家再外出，同樣的細髮也會掉在屋內。」

趕到的鑑識員以吸塵器將單人套房地面徹底吸過一遍，小心翼翼帶回採到的塵埃。今天中午以前，檢驗結果應該就會出爐。

接著，加賀美他們走進道惠的房間。

「也許留有遺書。」仁科說道。但很遺憾，事情沒那麼簡單。不過就某種層面來看，他們找到許多比遺書更具說服力的東西。

其中包括各種小額貸款的催繳單及停卡通知書，有的內容措詞相當不客氣。

她將這些錢花在哪裡？室內的家具及衣櫥裡的服飾說明了一切。

「噢，她戴的是勞力士表，我看至少値八十萬圓。」

仁科覷進珠寶盒，驚呼「眞厲害」。

「這裡頭也很奢華，一定都是眞貨。」

加賀美從旁瞧去，只見雖然有許多配飾，卻獨缺戒指。他說出這點，仁科側頭納悶道：

「爲什麼？」

「去問你女朋友吧。」

「咦？」

「她應該會回答『別的東西我自己買，戒指一定要你送』。大浦道惠也是這麼想吧，沒什麼好奇怪的。」

案發至今，大夥的意見開始偏向「自殺」。儘管還需進行搜查，但兩人分攤一下就差不多了。加賀美攬下這工作，順便拉仁科幫忙，所以兩人今天才一起前往伊藤共同住宅。

一大早，在鞋櫃上方那幅裝飾用的石版畫迎接下，加賀美踏進203室。

房內一塵不染。不過，要是大浦道惠有潔癖，也許一向保持得如此乾淨，無法斷言是為避免死後太過難看而刻意整理。

現在是八點三十分。從鎮上至市中心的路程不到二十分鐘，不過其他住戶大多已出門，兩人決定晚上再來探聽消息。

一樓的三戶都是夫妻，二樓的三戶皆為單身年輕女子——不，從凌晨零點二十分後，只剩兩戶。

昨天深夜發現道惠的遺體後，警方隨即造訪203室以外的五間住戶。當時他們全在家，壓根不必叫醒任何人。加賀美相當驚訝，時下的年輕人真的都是夜貓子。隔著一條私有道路，住在舊屋的六十多歲房東夫婦則是睡眼惺忪地起床，形成強烈對比。

一樓住戶十分有默契，皆是新婚不滿一年的雙薪家庭。這並非偶然，大概是房東託仲介公司找尋符合條件的住戶。換句話說，有小孩就不行。且夫妻都有收入，便毋須擔心收不到房租。

二樓的兩名單身女子中，201室的大學生很快應門，202室的粉領族則費了些時間。敲門時，她大聲應道「不好意思，我在洗澡」。只有這一刻，走廊上的兩名刑警面帶笑意。稍後，女子以毛巾包覆濕髮，從門內探出頭，加賀美沒漏掉仁科再度浮現的微笑。

兩人選擇一早登門拜訪，是想趕在家屬抵達前再次仔細調查。父母兄弟看到會讓死者蒙羞的物品，極可能擅自隱藏或丟棄。正因這不是惡意的行爲，警方才更傷腦筋。只要與案件關係人有關，哪怕是一張收據，警方也不想輕易放過。

「這房間感覺能直接拍成雜誌照。」仁科環視四周低語。

確實，室內種種擺設所費不貲。從房東的話聽來，道惠已在這住第三年，不過窗簾、地毯、玄關踏腳墊等很新，還都是同色調，應該剛換不久。這類東西價格出奇地高，且不像電器產品，即使老舊也不會有任何不便，缺少照樣能過日子，所以就算想買也不容易馬上下定決心。眼下根本不是發年終獎金的時節，道惠竟然二話不說全部換新，可見她有多執著於裝潢的格調。

這份執著化爲一封封催繳信，遺留在失去主人的空屋裡。

「就是爲了這些，」加賀美指著周遭陳設，「她才四處借錢吧。」

「光鮮外表下果然黑暗。」

松木製的矮床邊放有一張漂亮的桌櫃，磨亮的榆木上嵌著燒出精細色澤的磁磚，應該是進口貨，簡直像電視劇中登場的家具。加賀美從兩、三年前就很想買桌櫃，但每每瞥見店裡昂貴的標價便不禁打消念頭，現下眞是看得他瞠目結舌。

桌櫃如同字面的意思，不過是裝飾。道惠不寫日記，書架上也沒幾本書，全擺滿雜誌。當中有幾本附書套的書，翻開一瞧，原來是星座算命和女藝人的隨筆集。或許道惠便是坐在這張精緻的桌櫃前，依書上的引導描繪自己的命運圖，探尋未來的可能性，也唯有此時她才會拿起筆。加賀美認眞地思索著，或許這正是最奢侈的用法。道惠相當挑剔，只訂閱兩種雜誌。兩者刊載的咖啡廳、餐廳、精品店照片，皆拍得比實際時髦而有氣氛。連對外套的顏色、短裙的版型、週末適合約會的店，都有詳盡的指引，展現出如反對南非種族隔離的搖滾音樂家般的熱情，彷彿訴說著，只要這麼做就能得到幸福，就能擁有美麗人生……

「沒什麼特別的，只有負債的氣味。」

耐心十足地趴在地上四處搜尋後，仁科嘆口氣。

「假如孩子先走一步，父母不就得繼承遺產？這麼多欠款該怎麼辦？能放棄繼承嗎？」

「賣掉這屋裡的東西，多少能還點債吧。」加賀美說。

他拿起書架上一本《最愛東京！》隨手翻閱，門外傳來話聲。原來是道惠的父母到了。

夫婦倆個頭嬌小，道惠的一六三公分身高大概是隔代遺傳。外貌上，她似乎比較像父親。

兩人沒掉淚，也沒發怒。由於道惠的遺體還停放在警署的太平間，接著要去見最後一面，加賀美並未多留他們，也沒再細問。因小聊幾句後，他馬上明白，離鄉背井的女兒過著什麼生活，這對父母幾乎一無所悉。

加賀美確認過道惠的出生年月日、學歷、工作經歷等基本資料。她畢業於當地的公立高中，十八歲到東京。原本計畫先上補習班，隔年報考大學，但之後改念兩年的祕書培育專校。目前爲止仍無固定工作，四處打零工維生。

既然如此，只剩最後一個問題。

「雖然很失禮，還是希望兩位盡量回答。你們認爲，令嫒有什麼自殺的理由嗎？」

母親轉動小眼，望向加賀美，不發一語地搖搖頭。

「那麼，兩位曉不曉得令嬡四處借錢，積欠許多債務？」

夫婦倆面面相覷，父親低語著「又是這樣嗎」。

加賀美讓他們看幾封催繳信。「以前曾發生這種情況？」

「是的。儘管不清楚原因，不過，她還不出錢而遇上麻煩時，會打電話回家。約莫一年前，我們匯了一百五十萬圓給她。」

「一百五十萬圓啊。」

加賀美不自主地複誦，母親頷首道：

「我們家境不錯。道惠這孩子花費不知節制，錢都歸我們控管。但她若欠下大筆債務，我們也只能幫忙清償。」

「這裡的房租呢？」

「由我們支付，也會多少補貼她一些生活費。」

「那麼，令嬡的薪水……」

「她好像全當零用，罵也罵不聽。她常說，東京是個花錢的城市，若不花錢，住東京便失去意義。」

3

鑑識報告下午出爐。道惠房內的塵埃採樣中，並未發現任何類似落在她後頸的細髮。

藉著錢包裡的貴賓卡，警方很快查出她常去的美容院。那是位於青山通的一家高級沙龍，上門得先預約。道惠昨晚是第三次光顧。

「她很喜歡新髮型，神情十分開心。」

道惠下午六點左右到美容院，剪完已超過九點，是那天最後一位客人。店員中有她的朋友，於是大夥一塊吃晚飯，又續攤暢飲一個鐘頭，才在車站前道別。時間上，她不太可能再到其他地方，分別後應該是直接回家。

加賀美與仁科接著前往她工作的畫廊。一名代老闆經營畫廊的四十歲女子出面接待，據說道惠是這兒的櫃檯服務員。

「如兩位所見，我們的規模不大，大浦小姐只需整天坐在那裡。她有時會看雜誌，餘暇多在發呆。連我都擔心她會不會太無聊。」

「她算是兼職？」

「嗯。女性求職雜誌中提到畫廊，可能有種時尚感吧，很多人來面試。不過每個女孩的想法都一樣，說什麼對美術感興趣、想實地學習，其實都不是眞心話。她們只是覺得，這工作聽起來比一般事務員像樣。沒辦法，我們只好勉強挑一人，最後選中大浦小姐，但她簡直像空氣。我是指不好的那方面。」

「妳個別教訓過她嗎？」

「這倒不曾。唯有一次她在顧客面前補妝，我才出聲警告。可是之後她仍常偷修指甲，我也懶得再念她。」

「她有什麼理由自殺嗎？」

「不清楚耶……」對方應聲移開視線。

「那麼，她容易招惹怨恨嗎？」

女子抬起頭，帶著「是你逼我講難聽話」的眼神注視著加賀美，一開口便滔滔不絕：

「我不曉得，眞的。對我這種思想老舊的人來說，大浦小姐簡直像異邦人。每天打扮得美美的，只找外表光鮮亮麗的輕鬆工作拿錢——她那不叫賺錢，叫拿錢——四處吃美食，還有，擄獲能提供這一切的好男人。她滿腦子想的全是這些事。」

連加賀美聽著心裡也不太舒服，不過是他主動提出這種問題的。

「我記得她是祕書培育專校畢業，難道沒任何特長嗎？」

「半樣也沒有，瞧不出她有什麼專長。」

女子緊繃的雙肩不住起伏、頻頻喘息，並未看著加賀美答話。

「我覺得那女孩不太可能自殺。即使遭到怨恨，惹來殺身之禍，她大概直到最後都無法理解自己爲何會是這種下場吧。」

加賀美皮笑肉不笑地應道：

「意思是，她沒什麼腦袋？」

「不，我沒這麼說。她並不笨吧？不過……對，她就像平面人，彷彿從型錄雜誌上剪下般，既沒深度也沒生活感，更毫無熱情，宛如一張會走路的照片。」

晚上八點，伊藤共同住宅的住戶返家前的這段時間，加賀美和仁科四處拜訪道惠通訊錄上的親友。男女比例看起來爲七比三，男生居多。而女性大部分是和道惠同一所高中畢業，一起到東京上大學或工作的同窗，與她的交情僅止於過年時互寄賀卡。

當中唯一的例外，是道惠在六本木迪斯可舞廳認識的二十歲粉領族。對方的公司位於新橋，偶爾會約道惠吃午餐。或許是這個緣故，通訊錄上只有她連公司電話一併寫上。

「大浦小姐外表亮眼，脾氣又好。」

模樣安分老實的粉領族垂著八字眉，神情困惑地回答加賀美的問題。她上班的商社大廳人來人往，每當電梯門開啓，身後便傳來「碰」的一聲。

「她曾送妳禮物嗎？」

「嗯，午餐有時也是她請客。」

「似乎是個不錯的人。」

「是啊。」她苦笑附和。

「這是我們的工作，所以希望妳有什麼話儘管說，不必顧忌。」加賀美微微一笑。

「大浦小姐拜託我，想辦法讓她在這家公司上班。」

加賀美與仁科互望一眼，年輕粉領族低頭乾笑。

「她興致勃勃地說，現下到處都有空缺，若經熟人介紹，要取得一職應該不難。但，傷腦筋……我們公司不曾臨時僱用女員工，且幾乎都錄取有關係的自己人……」

「這倒是。」加賀美點點頭。

「感覺上，大浦小姐不大懂人情世故。不知是太老實，還是太厚臉皮，她總以爲有權利享盡世上一切好事。」

年輕粉領族話語中無意識的炫耀，帶有一股優越感。正因她年輕可愛，更像手上沾滿蝴蝶的鱗粉般，令加賀美非常不舒服。

與對方道別後，兩人到附近一間烏龍麵店吃晚餐。等待麵上桌時，仁科翻閱著店內的報紙。

各家早報都對道惠的死打上「是自殺嗎？」的問號，晚報則多沒後續報導，只有一則提及她欠信貸公司數筆債款，隱約透露這或許是她自盡的原因，旁邊還附上小張的大頭照，大概是道惠父母提供的。只見她長髮披肩，目視前方。

「髮型不同，簡直像換個人。」仁科說。

大浦道惠稱不上美女，卻擁有能妝扮成美女的五官。這張照片算拍得特別好看，所以報紙才會刊登吧。大眾對中年男子信用破產興趣缺缺，但若換成年輕女性，不管怎樣都話題十足。

仁科摺好晚報，雙眼緊盯著加賀美。

「您認爲這是凶殺案，對吧？」

加賀美吸得天麩羅烏龍麵嘖嘖作響，並未答覆。

「部長。」

加賀美擱下碗，拿牙籤剔牙，然後緩緩說：「這女孩不會爲債務尋短。」

「她臉皮夠厚？還是，她家裡有的是錢？」

「和那沒關係。不管家裡再有錢，只要稍具羞恥心，一毛錢也不會開口討。」

「不然？」

「大浦道惠看到堆積如山的催繳信，恐怕一丁點欠錢的自覺也沒有，才這麼悠哉。等被逼到無法忍受時，她嫌麻煩，便會找父母出面償還。她之所以不斷重蹈覆轍，始終學不乖，就是不把借錢當回事。」

加賀美搖頭。「提到金融卡，現今擁有一張卡即可輕鬆提錢。個人信貸也一樣，借款不必低頭拜託，也毋須感到羞愧。既然能簡簡單單放進口袋，年輕人打一開始便誤以爲那是自己的錢，也無可厚非。」

兩人返回伊藤共同住宅時，已是晚上八點十五分。

「對這些住戶有點抱歉。」仁科說。

「怎麼？」

「今天是歡樂星期五，卻因爲我們要問話，不得不等在家裡。」

「才一晚，有什麼關係。」

一樓的幾對夫妻很感興趣，全力配合，但沒什麼收穫。他們不認識大浦道惠，有的甚至從沒見過她。

只有103室的丈夫一聽到道惠的名字，馬上曉得是誰。

「噢，就是那個長髮的漂亮女孩吧。」他應道，隨即換來新婚妻子一記白眼。

201室除屋主外，還有兩名約二十歲的男性及一名女性在場，似乎都是學生。餐桌中央擺著一大瓶廉價威士忌，空氣裡飄散著一股醬汁焦味。

「我們在煎文字燒（註）。」

身為屋主的年輕女大學生解釋。不同於一般對女大學生的印象，她脂粉未施、戴著圓框眼鏡，一頭沒半點捲燙的短髮，烏黑的雙眸雀躍不已。

「要談關於大浦小姐的事吧？那我可不能隨便亂笑。」

她故意一本正經地說，加賀美投以一笑。「別緊張。妳和她沒什麼交情嗎？」

「是的。雖然我們年紀相近，但我沒和她打過招呼。她好像是社會人士。」

「那麼，若問她是怎樣的人，妳也不清楚嘍。」

只見她戴著眼鏡的圓臉側向一旁。「這個嘛……她是美女，不，應該算是打扮出來的美女。不過，丟垃圾的習慣不太好。」

「哦，這話怎麼說？」

「這一帶的垃圾車規定相當嚴格，可燃物要裝紙袋，不可燃物要裝塑膠袋，若不配合便拒收。儘管是理所當然的事，但她根本不遵守，總是全塞進塑膠袋就拿出去丟。我發現好幾次，明明是倒

註：類似什錦燒的料理。

可燃垃圾的日子，她放下的塑膠袋卻傳出喀鏘的金屬碰撞聲。」

仁科站在加賀美身後，伸手搔搔後腦。一個人住的他，似乎也有這個壞習慣。

「啊，」201室的圓臉住戶雙眼陡然一亮，「我想到一件十分古怪的事。」

「什麼？」

「隔壁202室的淺田小姐檢查過大浦小姐丟棄的垃圾。」

加賀美不禁皺眉。

「眞的嗎？」

「嗯。好像是一個月前，或更早。有天晚上我打開窗想透透氣，碰巧撞見那情景。垃圾集中處就在我家前面，雖然不清楚她在幹嘛，但她確實打開塑膠袋翻看。」

「妳怎麼曉得那是大浦小姐的垃圾？」

她呵呵輕笑。「半夜會出來倒垃圾的只有住二樓的我們，因爲早上老是睡過頭。而當中只有大浦小姐每次都用塑膠袋。」

煎文字燒的濃煙後方，傳來年輕男子的話聲：

「妳講的淺田小姐，是202室的美女嗎？」

「那只是打扮出來的。」坐在男子身旁的女孩說。

「沒錯，二樓可是住著選美比賽的前三名。」戴眼鏡的圓臉女大生笑道。接著，她神情突然轉爲嚴肅，面向加賀美：

「對了，203室的大浦小姐與202室的淺田小姐，在服裝或配件等方面彷彿有較勁的意味。不過，我只是隱約有這種感覺，畢竟兩人年紀相差許多。」

道完謝，加賀美要步出她家時，曾見廚房冰箱上平放著一本沙特的《存在主義即人文主義》（L'existentialisme est un humanisme）。

「妳在讀這本書？」經這麼一問，女子笑著點點頭。

「看得懂嗎？」

「懂。至少我知道不必思考如此艱澀的問題，一樣能過活。在我之前，有人早煩惱過這些難題。」

今晚，202室的淺田陽子已上好妝，一身能直接外出的裝扮。餐桌上有台咖啡機，保溫的咖啡散發迷人芳香。

「辛苦兩位了。」她招呼加賀美和仁科進屋。環視屋內後，加賀美確認二樓的三戶隔間都相同。

陽子準備周到，似乎已事先溫好杯子。兩人道謝接過咖啡，仁科露出和悅的神色。

三十一歲的淺田陽子是電腦軟體公司的辦事員，但資歷不過半年。據說是短大畢業便到某機械製造商工作，之後才轉職。

「我是換工作時搬到這兒的，剛住滿半年。對於隔壁的大浦小姐，只曉得有這麼個人，和她沒任何往來。」

所以，既不了解她的為人，也不清楚她的私生活，更別提知道她有無自殺動機。

陽子的房間整理得有條不紊，感覺住起來相當舒適。家具和窗簾雖不是新品，卻非便宜貨。屋內最寬敞的空間中央，擺著一座常用的衣櫃。

「很漂亮的衣櫃。」

聽到加賀美的稱讚，她開心地微笑。「這房子的壁櫥太小，我的洋裝不夠放。」

「大浦小姐的衣服也不少，全塞在壁櫥裡。」

「這麼一來，每次要穿都得先燙過。」

「否則只穿一次就需送洗吧。」加賀美一臉認眞地接話。

她與大浦道惠還有兩處不同。書架擺著暢銷作家的小說，牆上掛的則是筆觸輕淡的水彩畫，角落附有鋼筆簽名。

「妳討厭石版畫嗎？」加賀美問，她皺眉搖搖頭。

「那不過是流行。目前市面大量販售的都是便宜的複製品，若是原畫，我當然想要，但大夥像這樣開口閉口都是石版畫，眞正喜歡畫的人反而覺得掃興。」

床腳邊的雜誌架沒半本女性雜誌，反倒塞滿有關日本經濟的刊物。

見加賀美的目光停在上頭，陽子旋即說：「我買了幾支股票。不是要賺錢，而是想研究經濟。」

加賀美佩服地點點頭，聊起多年前買股票的往事。不過，那並非他親身經歷，而是一個遠親的經驗。

陽子聽得認眞，但感覺不太自在。交談至一個段落，她轉向仁科，一副想改變話題的模樣。

「我好訝異，竟然有這麼年輕的刑警。」

「咦？」

仁科憨傻應聲，急忙挺直腰桿。加賀美忍俊不禁。

「如妳所見，他還無法獨當一面。」

「不過，能承辦這種案件的搜查工作已不簡單。」

仁科不住搔頭，加賀美則在一旁潑冷水。

「沒什麼，這案子滿單純的。大浦小姐恐怕是自殺，百分之九十九不會有錯。只是為謹慎起見，稍微調查一下。」

「詳盡調查過了嗎？」

「正展開地毯式搜索。」加賀美笑道。「不論命案現場或隔壁房間，都請鑑識人員檢查過，並以吸塵器吸遍每個角落，比清潔業者更仔細。只要感到一絲可疑，警方便會採取這種方法。」

陽子語帶不安。「可是，她不像會自殺……」

「她是個美女呢。」

「嗯，沒錯。」

「那性格的短髮很適合她。」

「對啊。」陽子頷首。「聽說那是巴黎現下最火紅的髮型。大浦小姐對流行相當敏銳，總是能快速跟上趨勢，活力非常充沛。」

加賀美靜靜注視著陽子，然後低語：

「活力充沛，是吧。」

「是的，眞不敢相信她會自殺。」

「年輕女性爲雞毛蒜皮小事突然想尋死的例子，多舉幾個包妳更驚訝。」

陽子垂下目光，彷彿陷入沉思。一會兒，她抬頭緩緩說：

「我認爲，大浦小姐或許是遭到襲擊才墜落天橋。最近不是有愈來愈多不爲錢財，專門鎖定年輕女性下手的怪人嗎？」

加賀美用力點頭。「沒錯，我們也考慮到這種可能性。若情況如此，不論線索再小，我們都會盡全力找出凶手。否則，東京變得和紐約一樣可就傷腦筋。妳獨自生活，有過什麼驚險的遭遇嗎？」

她面露微笑，搖搖頭。「不，別看我這樣，我謹愼得很。連這間屋子也在取得房東的同意後，門窗全改爲雙重鎖。」

加賀美先誇獎她的用心，接著問：

「這麼一來，妳父母也比較放心吧。妳老家在哪？」

「北千住。」

仁科「咦」一聲。「我每天都從那搭車通勤。老家既然在東京都內，不住不是很可惜？爲什麼要搬出來？」

陽子聳聳肩。「北千住不算在都內。」

「是嘛？這裡雖離市中心較近，但房租貴上許多……」加賀美插話，「景觀若不夠高尙，妳應該看不上眼吧。房屋仲介就曾告訴我，我住的綿系町也常因相同理由遭年輕人嫌棄。」

「你說的對，真的是這樣。」陽子乾脆地承認。

加賀美緩緩起身。「抱歉占用這麼長的時間，謝謝妳的咖啡。不曉得有沒有打亂妳週末的計畫？」

陽子優雅一笑。「偶爾待在房裡也不錯，很久沒這般悠哉。」

「平常週末妳都怎麼過？」

「這個嘛，各種安排都有。」陽子眼珠骨碌碌地轉動。「好玩的地方多的是。」

「東京是座有趣的城市吧？」

加賀美走向門口，再次寒暄後，突然轉頭。

「對了，大浦小姐的父母在203室整理女兒的遺物。假如妳有東西沒還，或她曾向妳借什麼，請跟我們講一聲。」

陽子微微一笑，優美地低頭行禮，說著「請慢走」送兩位刑警離開。

下樓梯走到屋外，加賀美回頭交代仁科：

「好，準備監視。」

兩人沒等太久。一小時又八分鐘後，202室的門打開，陽子拿著一件紅毛衣步向203室。

加賀美和仁科躲進開門形成的死角逐漸靠近陽子，聽見她說：

「對，這是道惠小姐最喜歡的毛衣。不好意思，我借來後一直沒還，幸好及時想起。」

應門的大概是道惠的母親。她伸出白皙的手準備接下紅毛衣時，加賀美迅速上前制止。

陽子全身僵硬，彷彿連圓睜的雙瞳也凍結。

「淺田小姐，這毛衣真漂亮。」

加賀美拿起毛衣，翻開衣領標籤細看。

「這是名牌，為方便管理，店家多會留下顧客名單。再不然，妳應該有信用卡，調查一下很快便能釐清。這不是大浦小姐的毛衣，而是妳的。」

怎麼回事？道惠的母親詢問。陽子只是茫然呆立原地。

「淺田小姐。為什麼妳不惜撒謊，也要將這件毛衣放到203室？我猜猜，上面或許有大浦道惠的頭髮。妳擔心，她昨晚剪髮時落在衣服上的頭髮，可能在扭打間沾上妳的毛衣。」

陽子的嘴唇頓失血色。

「妳不想將附著她毛髮的東西留在屋內。假如警方起疑，可能會對妳的住處展開地毯式搜索，是不是？」

陽子雙唇發顫，啞聲道：「她是自殺的吧？」

「不。從天橋上推落她的人，是妳。這並非預謀，而是臨時起意，沒錯吧？所以妳精神一直很緊繃。」

陽子文風不動，仁科緩緩移步，配合加賀美包夾她。陽子眼帶責備地望向他，仁科不發一語地搖頭。

「若是沾有大浦道惠頭髮的毛衣，只要還回她的房間就行。雖然妳是這麼想的，不過太遲了，妳犯下一個致命的錯誤。」

「什麼錯誤？」陽子像小孩對老師發問般，裝出充滿好奇心的天真口吻。

「剛剛妳提到，大浦道惠的短髮是時下巴黎流行的髮型。但她昨晚九點才剪，之前一直和報上的大頭照一樣留長。且她換髮型後便沒回過公寓，從此一去不返。原因是她在歸途的天橋上遇見凶手，遭推落身亡。那麼，妳是如何曉得她改變髮型的事？」

深夜時分，淺田陽子終於在偵訊室裡開口。

「那個女孩……道惠小姐，很像以前的我。她比我更會花錢，且生活方式一模一樣。上妝抹粉、打扮得漂漂亮亮，每到週末便四處玩樂，對未來沒任何打算，認爲只要找個好男人結婚就一切OK。」

但事實並非如此。

「她讓我相當反感。我很想知道她究竟過著何種生活，例如聖誕節從誰那裡收到怎樣的禮物，才會翻看她的垃圾袋。憎恨和嫉妒逼得我管不住自己，畢竟她是那麼年輕！」

妳也還很年輕啊，負責偵訊的刑警說。陽子聽著露出微笑。

「沒那回事，我已無法仗著年輕沾到任何好處。刑警先生，在現今的社會，我早算是老太婆，誰都不會回頭多瞧我一眼。不管在公司、人群熱鬧的地方，或走在街上，我已形同路上的石頭。就算和大浦小姐穿一樣的衣服，就算費盡心力濃妝豔抹，仍贏不過她。然而，她住在我隔壁，在我近旁生活。以往屬於我的一切，眼下她全部擁有，我只能默默看著她誇耀。無論如何，青春一去不返，再沒什麼值得高興。大家都在享樂，唯獨我被屛除在外，難以重回那個世界。可是，我仍未完全死心。」

那天晚上，週末將近的星期四晚上——

「我在房裡待得無聊，便走到附近的便利商店，想順道去錄影帶出租店逛逛。就這樣，和她在天橋上擦身而過。」

大浦道惠一頭俐落的短髮，露出後頸。儘管冷得縮起脖子，依然十分亮眼。

「她容光煥發，得意地昂首闊步，擺出模特兒般的架勢，眞的就像模特兒或藝人。而我卻一身便服，拎著便利商店的塑膠袋，明明都快週末了。」

打照面時，道惠微笑著點點頭。

「我當下領悟，她瞧不起我，確確實實把我看扁。週末沒地方可去、沒人邀約的可憐歐巴桑，想和我一樣剪短髮，但沒膽冒險的悲哀歐巴桑，妳要前往哪裡？她心底如此嘲笑我，我清楚得很。」

「剪短髮爲何是種冒險？」

刑警一問，陽子咬牙切齒地回答：

「長髮是最後的堡壘，是證明我漂亮、有女人味，依然受男人喜愛的最後證據。要是年輕……更年輕些，再短也無所謂。但我年紀已不小，削去長髮等於放棄女人的身分。她非常清楚這點，所以故意頂著短髮向我炫耀。」

陽子忍不住朝道惠離去的背影罵「妳這厚臉皮的女人」。

「她轉過頭應句『啥？』我重覆一遍，她氣得滿臉通紅，對我放聲大叫。」

什麼嘛，老太婆。

我們相互拉扯，等我回過神，道惠已墜落天橋。我馬上脫下鞋子逃跑，回到家中後，爲了讓自己不再發抖，我泡進浴缸。那時，刑警正好前來……

「您是何時發現的？」

在刑警辦公室角落喝著咖啡的仁科問道。

加賀美一臉疲憊，兩眼痠痛。

「案發後，到她住處查訪時。」

「這麼早？眞不敢相信。爲什麼？」

當晚刑警敲門時，淺田陽子回應「我在洗澡」。

「沒錯，那也是事實吧？」

加賀美擱下咖啡杯。

「就算如此，遇上不速之客深夜造訪，單身女子不可能答覆『我在洗澡，不方便開門』。這樣等於宣告現下她單獨一人，毫無防備。即使對方聲稱是警察，也無從證實。透露自己在浴室，萬一門外的男子心生歹念，試圖撬開窗戶之類的，該怎麼辦？這種時候應該推說『我抽不開身』，或保持沉默、不予理會才對吧？」

仁科陷入沉思。

「所以，我立刻察覺事有蹊蹺。如此深夜，突然有陌生男子敲門，她卻似乎早料到來者是警察……」

忙到最後，加賀美搭清晨第一班車回家。心不在焉地望著車內廣告，一幅女性雜誌的宣傳看板引起他的注意。

「今後是俏麗短髮的時代！」

「東京大都會圈的夜生活巡禮．推薦名店」

加賀美目光移向窗外。

東京大都會圈是嘛。

東京這個城市眞的存在嗎？該不會是這種雜誌或電視創造出的幻影吧？

年輕人總是懷抱夢想，認爲「只要到東京，人人都能得到幸福」。該不會是只存在於這種夢想中的都市吧？

大浦道惠出身長崎，而淺田陽子在北千住長大。她說那裡不是「東京」，所以離鄉背井來這裡。

不論長崎、福岡、大阪、神戶、名古屋，都有實體，都實際存在。

東京卻什麼也沒有。空無一物。

對在地圖上標幟的東京成長的人來說，也是如此。土生土長的東京人，一樣看不見「東京」。眞正存在的僅有北千住、田端、世田谷、杉並、荒川、江戶川，這些養育自己的市鎭。嬰兒哭鬧、小孩吵架，不時有少女失蹤，老人遭安樂死。清濁並流，理所當然的市街，與理所當然的生活。

但「東京」是個幻影，對所有人同樣公平的幻影。

光看表面，這裡有座國際化的資訊都市TOKYO。遍地商機，任君賺取的都市，黃金鄉東京。在外地人眼中，是實現夢想、追求財富、保證華麗生活的東京。

可惜，這不過是虛像，是只能在外頭窺望，無從捉摸的都市。打一開始便不存在的都市。想要成爲短暫的居民，非年輕不可。年歲一大，就無法繼續停留。

眞要說，道惠和陽子或許都上了「東京」的當，中了「東京」的「幸福詐欺術」。「東京」給她們無限的金錢、給她們快樂，擺出絕不會背叛的表情。

然而，陽子從天橋上推落的，是背叛她的「東京」。

回家後，加賀美馬上前往廚房，倒掉供酒。接著裝杯水，一飲而盡。

「辛苦嘍。」聞聲起床的道子走近。加賀美背對著妻子低語：

「道子……」

「什麼事？」

「妳知道東京鐵塔的正面是哪裡嗎？」

道子沒答話。

「無論何時，從何處望去，東京鐵塔都像背對著我們。」

道子靜靜走向一旁，將水壺放在瓦斯爐上。

「那有什麼關係。不管怎樣，都能由家中窗口看到東京鐵塔。」

稍頃，加賀美莞爾一笑。雖然供酒的氣味隱隱殘存，但只要道子煮鍋味噌湯，應該很快就能沖淡。

第六篇

我眞不走運

1

不管打幾通電話，都沒人接。

我眞是可憐蟲……我默默想著盤腿坐在地上，聆聽披頭四的〈No Reply〉，玄關的門鈴忽然響起。

我不想見任何人，這時候我也No Reply。我聽而不聞地喃喃自語，門鈴卻響個不停。霎時，我猛然驚覺，怎麼會這麼傻，也許是她來找我啊！

我連跑帶跳地穿過走廊，打開大門，但站在眼前的並不是她。

「什麼嘛……原來是逸美姊。」

「這就是你的問候方式嗎？」姊姊出聲。「不過，你怎麼無精打采的。」

「妳才是吧。」

我沒說錯。總是面如桃紅的姊姊雙頰粗糙，氣色欠佳。見她兩眼略帶血絲，大概整晚沒睡吧。

「能進去嗎？」姊姊話聲疲憊。我敞開大門，看著她脫鞋。

儘管一臉憔悴，姊姊還是很美，服裝也十分講究。草綠底白水珠圖樣的迷你喇叭裙，搭配同色系的素面外套，只以白耳環綴飾。高跟鞋同樣是白色，微微外露的黑皮表帶，凸顯出女表的特色。

有一點得先說明，我並不欣賞對女性的時尚品味吹毛求疵的男人，也不想成爲這種人。只不過，現下我爲生平第一個女友深深著迷（沒什麼好慚愧的，因爲這是事實），所以想磨練一下對流行趨勢的敏銳度。至少在她精心妝扮時，我能明白「哇，今天眞漂亮」。而逸美姊是朋友中和我最親近的女性，我自然對她的穿著多一分關心。

可惜，我和女友才高一，跟粉領族資歷四年的逸美姊不斷展現的風貌沒什麼交集。我也從未想過到高級精品店順手牽羊，供女友穿戴。

目前，放學後及星期六下午，我都在新宿一家中古車行打工，幫忙洗車和清掃。老闆個性豪爽，待人和善，而且很欣賞我，薪水也相當高。不過，我還是買不起太昂貴的東西。

正因如此，枉費我絞盡腦汁地準備禮物，卻好死不死在她生日前一天（就是昨天）大吵一架。那是我們交往以來第一次眞正起爭執，我實在很會搞砸事情。

所以，我從早上便不斷打電話給女友，但始終沒回應，也無人接聽，可能是全家外出吧。她是獨生女，大概是父母替她慶生，帶她去哪裡玩。眼下還不到中午，不在家的理由只能想到這點。

或許中午就會返家。

我不放棄地持續撥號。要是使用重撥功能，感覺很沒誠意，於是我逐一按那些數字，每隔三分鐘打一次。

逸美姊就在這時上門，且和我一樣，板著臭臉……

「叔叔和嬸嬸呢？」

「姊姊」癱坐在沙發上問。雖然這麼喊她，其實我們是堂姊弟。由於父親是兄弟，住得又近，加上是獨生子女，儘管相差幾歲，我們仍情同手足，往來十分密切。

我爸媽似乎當她是親生女兒，而伯父和伯母也對我視如己出。

什麼嘛，原來是有事找爸媽。「抱歉，他們外出不在。」

她一本正經地將雙手擺在膝上，全身緊繃，只抬起臉無比認眞地注視著我。

「什麼時候回來？」

「明天，這次是兩天一夜的旅行。」

今天是星期天，明天是國定假日。他倆利用連休前往公司的度假中心。

姊姊倏地一僵，彷彿輕輕一戳便會倒下。

「怎麼？」

姊姊一直低著頭，半晌沒回應，接著突然伸手關掉沙發旁的迷你音響。披頭四的歌聲戛然而止。

「我沒心情聽音樂。」

她緩緩嘆口氣，雙手抱頭，長髮滑落雙肩。

「該如何是好……一切全完了……」

我呆愣原地，雙手不知往哪擺，只能站在一旁搔頭。最後勉強擠出一句「發生什麼事」，不過口吻比剛才嚴肅許多。

從掩面的雙手中，傳出柔弱的話聲。「這關係著我的未來。」

「妳的未來？」

這麼一來，推測的範圍便較明確。「迫田先生哪不對勁嗎？你們吵架啦？」

迫田洋一是逸美姊的男友。我見過他幾次，每次都是他請客。年齡三十四，高學歷高收入，運動樣樣精通、大學時是帆船社的一員，長得又高又帥，說起話很有魅力，毫無彆扭心結。不僅崇尚自由，教養良好，開車技術更是一流。我最討厭他了。

迫田先生和逸美姊在職場相戀，不過他是總公司派駐姊姊那家分公司的員工。因此，在同事眼中，姊姊就像釣上金龜婿。

但我並未當回事，於是直接說：「有啥關係，反正男人多得是。」

姊姊猛然抬頭，板起面孔。「你設身處地想想。手放在胸前，想想剛才那句話有多殘酷。」

我立刻反省。自昨天吵架以來，感覺彷彿世界末日，姊姊應該也一樣吧。

「對不起。」

姊姊深深嘆氣。「能幫我泡杯咖啡嗎？」

「妳要喝煮的，還是沖泡的？」

「都好，小裕出品的味道都差不多。」

交往後，她連咖啡豆也沒磨過，因爲迫田先生煮得較好喝。

「我想每天早上幫妳煮咖啡。」聽說這是迫田先生的求婚詞。姊姊預定下個月辭職，到時應該不會每天早上九點以前起床。婚後若依然如此，那迫田先生勢必得從公司送咖啡回家。

我和姊姊啜著即溶咖啡，相對無言。她的臉色比剛進門時蒼白，眉間擠出一道皺紋，緊盯著桌巾。那是全神貫注思考的神情。

「小裕，我問你。」

「什麼？」

「你有錢嗎？」

「有一點。」

「只有一點的話，我不需要。」

「那妳需要多少。」

「五十萬圓。」

我放下杯子，不發一語。姊姊再度雙手掩面。

這時我才發現，逸美姊身上少一樣東西。

她左手無名指竟然沒戴戒指。白金戒環鑲嵌大顆明亮型鑽石，那是上星期文定時，迫田先生送的婚戒。

「姊，妳沒戴戒指耶。」

她沉聲低語。「我不曉得該怎麼辦，眞想一頭撞死。小裕，救救我。」

嘆口氣，爲了當個稱職的諮詢對象，我重新端坐。上午十一點三十五分，現在就想死，未免也太早。

2

姊姊說，那枚重要的戒指被拿去當借款的抵押品。

「對方是公司的前輩，眞的很過分。假如是抵押品，大可要其他東西啊，竟然使出那種卑鄙的手段。」

昨天下午，在下班返家途中，姊姊和前輩到咖啡廳喝茶。

好美的戒指，能不能瞧瞧？姊姊沒多想便取下戒指，豈料對方霸占著不放。

「我借妳的錢都已超過清償期限，妳卻總是理由一大堆，遲遲不還。這戒指就算是抵押品。」

對方撂下這些話便揚長而去。

「對方曉得那是妳的婚戒吧？」

「當然，我秀出戒指時正聊到此事。」

「妳前輩是女的？」

「只有女人才會耍這種心機。小裕，你要牢記，女人是很殘忍的。」

我注視著姊姊暗想，對方如此壞心眼，多半要怪被整的一方主動挑釁，不過終究沒說出口。

「那麼，只要還錢，對方便會交出戒指吧？」

「沒錯。」

「五十萬圓嗎？」

「另加利息。」姊姊表情有些尷尬。「利息我會看著辦，想借本金就好。我今天亟需那枚戒指。」

今晚，迫田先生住在外地的恩師要來東京，雙方相約一起用餐。

而姊姊得戴著戒指出席。

我不禁瞄向她的俏臀。我沒任何不良意圖，只想確認底下有沒有火在燒。

「那位老師以前很照顧他，怠慢不得。我實在不想稱病取消聚會，且他今天陪客戶打高爾夫球，白天都聯絡不上。即使取得聯繫，我也沒臉和他商量。」

她的話不無道理。

「區區五十萬圓，妳存款不夠嗎？」

姊姊面帶惱意。「有的話幹嘛拜託你，當初就不會跟人借錢啦。」

「這倒是。」

逸美姊的缺點——若不矯正繼續放著不管一定會惹出麻煩的缺點，便是浪費成性。總之，她簡直揮霍無度。

衣服、娛樂、飾品，還有旅遊，她聲稱一切皆是「自我投資」。但連平時很少說教的我媽，都忍不住勸告「逸美最好學學怎麼節制」。

不過，我平日受這慷慨的姊姊不少照顧，沒什麼資格苛責她。

「要不要請伯父幫忙？好好解釋，他肯定會幫妳。」

我的伯父，亦即姊姊的父親，是家木材貿易公司的社長，資助個五十萬應該是易如反掌。

可是，姊姊面有難色地搖搖頭。「不，這絕對行不通。」

確實，伯父對錢的控管相當嚴格。姊姊學生時代天天記帳，伯父每個月檢查一次，沒過關就拿不到下個月的零用金。

我爸曾調侃「眞神奇，大哥竟生出逸美這樣的女兒」，不料伯父板著臉回應「生孩子的是我老婆」。這對父女的價値觀落差便是如此大。

然而，再怎麼講，畢竟身爲父親，聽到女兒遇上這種大麻煩仍會幫忙解危吧。

「低頭拜託看看嘛。走到這一步，總要稍做犧牲。」

姊姊依舊沉默不語，我有種不好的預感。

「姊。」

「嗯？」

「話說回來，妳爲啥借錢？錢都花到哪去？」

姊姊嘿嘿乾笑。「買衣服……」

「五十萬全部？」

「是啊，因爲很貴。」

若是逸美姊倒挺有可能，但五十萬並非用在這裡。認識這麼久，她撒謊逃不過我的眼睛。

「不老實招認，我沒辦法幫妳。」

或許是這句話奏效，她鬆口坦白：

「其實是拿去賭馬……」

我無奈仰望天花板，她急忙解釋：

「最初賺到一筆，而且不少。沒騙你，眞的，我也嚇一大跳……」

「這叫新手運。」我驚訝得忘記生氣。倘使是我堂哥還能理解，可她是我堂姊。二十四歲的妙齡女子，居然爲賭馬借錢！

然後，我發現一個更糟的問題。她不可能單獨栽進這遊戲……

「妳和誰一起去賽馬場？」

「咦？」

「別裝蒜。和迫田先生嗎？不是吧。」

他應該不會讓姊姊掏錢買馬券。

「我在聚會上遇見國中同學……」

「於是跟那傢伙一塊去？」

「嗯。我們聊到賭馬很有趣，他說能當我的護花使者。」

「何時的事？」

「如今賽馬場都蓋得美侖美奐。夜間賽馬眞的很浪漫，每匹馬都那麼漂亮、那麼厲害……」

「什麼時候的事？」

「起先我並不想去，可是……」

「啥時開始的？」

姊姊一臉泫然欲泣。「上個月初第一次……」

那不就是兩個月內欠下五十萬賭債？

她到底買多少馬券？

而且，明明已有迫田先生這樣的男友，還與其他男人沉迷於賭博中？

或許是我心底的疑問全寫在臉上，姊姊低聲解釋。「我那同學是尚未出道的藝人，手頭比較緊……」

「所以妳出錢找他玩樂？」

「迫田先生太正經，有點嚴肅過頭，我偶爾也想喘口氣嘛。」

「可是妳要和他結婚耶！」

她匪夷所思地望著激動到破音的我。

「有什麼關係，不講的話他哪知道。何況，迫田先生很喜歡我這種享樂至上的個性。」

享樂至上。該不會其實是指「像瘋子般樂天」吧（註）？

「那向迫田先生坦白一切，請他幫忙清償不就行了？」

我不懷好意地回應，姊姊馬上面露頹喪之色。

「肯定行不通，你明明曉得……」

見她眼中泛淚，我頓時無法接話。

原來如此，我終於弄清姊姊面臨的窘境。這樣欠下的債務，打死也不能向父親透露。姊姊的父親，也就是我的伯父，對錢很囉嗦，對道德倫理更囉嗦。倘若招認和別的男友耽溺賭馬而負債，他可能會毫不隱瞞地告訴迫田先生：

「假如你有心理準備，不嫌棄我這個笨女兒，今後還望多多照顧。」

這種情況下，我爸媽較可能幫忙。姊姊要是以剛才來訪的模樣，哭得跟淚人兒似的，兩老應該會好好訓她一頓，警告「下不爲例」後便替她出那五十萬，並且守口如瓶。

偏偏他倆不在，銀行又已關門。家裡雖然有個小保險箱，但我很清楚，打開也湊不出五十萬。

難怪姊姊慌得手足無措。

「怎麼辦……」

「昨晚戒指被拿走後，爲什麼不立刻找我們商量？」

「迫田先生來吃晚飯，我抽不開身。待在家裡，沒戴婚戒也不突兀。再說，我萬萬沒想到叔叔和嬸嬸會在這時節出外旅行。」

「兩人去慶祝結婚紀念日。」

沒錯。近幾年爸對媽特別好，都記得結婚紀念日。

「我的婚事快泡湯了，結婚二十年的夫妻幹嘛偏偏挑此時悠哉出遊。小裕，你爲何不阻止他們？」

姊姊語無倫次起來。

「誰教妳戴戒指到公司炫耀。」

註：「享樂至上」（享楽的）和「像瘋子般樂天」（狂人のように的）讀音相似。

「但……」

「是妳不好，辦公室可不是時裝秀的舞台。」

「你講話眞像老頭子。」

「至少我知道不該為賭馬借錢。」

姊姊頓時語塞，放聲大哭。

「要是以為哭有用，可就大錯特錯。」

我嘴上這麼說，終究無法抵擋眼淚攻勢。不得已，我只好幫忙想餿主意。

「沒別的法子，要不要裝病？急性腸胃炎或食物中毒都無所謂，我替妳去見迫田先生和他恩師。由我當指定代打吧，我會編個合情合理的謊言瞞過他們。」

只要撐過今晚就好，姊姊卻立即否決我的提議。

「不行。」

「為什麼？」

「要是他們來探望我，不就穿幫？聽到我在家靜養，迫田先生一定想看看情況，我不會演戲啊。」

這也有道理。稍稍深思，姊姊的三流演技，即使騙得過迫田先生，也唬不過她父親敏銳的雙眼。她小學時裝病請假，每次都遭識破。

「那麼，妳等一下要拚命灌水。」

「幹嘛？」

「這樣手不是會腫脹？到時就謊稱戴不上戒指。」

「傻瓜，還是能拿戒指出來展示哪。」

「乾脆別帶吧？」

「老師心裡會嘀咕，這女孩眞迷糊。聽好，今晚是迫田先生向恩師介紹我的大日子。給恩師看戒指，然後說『這是洋一送的』是基本常識，也是一種禮貌。」

我很想回句「隨妳高興」，但仍忍下，繼續腦力激盪，如此便能暫時忘記傷心事。

「妳眞的湊不出五十萬嗎？」

「沒辦法。」

「信用卡預支現金呢？」

「我的額度頂多預支二十萬。」

明明平時猛刷卡購物，卻僅有這麼點額度。

不過，窮則變，變則通。不久，我靈光一閃，輕鬆生出一個解決方案。

「有啦。」

換個想法就行。

「姊，不如找枚代打戒指？」

「假貨嗎？不行。」她冷冷應道。「你猜那戒指多少錢？一百二十萬耶，戴贗品馬上會穿幫。」

聽到一百二十萬圓，我不禁咋舌，但並未怯縮。

「不是假貨，我有眞的戒指。」

姊姊微微挑眉。「在哪？」

「我家保險箱。」

那枚爪鑲白金戒環，是五年前老爸送老媽的結婚十五周年紀念禮物，價値約三十萬，肯定是眞貨。不論是鑽石切割方式或大小，都與姊姊的差不多。我不禁憶起初次見識姊姊婚戒時，老媽講的話：

「外行人看來，兩枚戒指一模一樣，價差這麼大，應該是寶石等級不同。」

姊姊雙頰微泛紅暈，緩緩地說：

「只剩一個問題，刻在內側的文字要怎麼蒙混過關？」

我思忖片刻。「藉口手指腫脹拔不下來，這樣不算失禮吧？」

姊姊會意點點頭。「也對。剛好我手指較粗，嬸嬸纖細得多，這招或許行得通。」

她諂媚一笑，傾身向前。「小裕，我單獨去不太放心。今晚陪我好不好？」

看來得送佛送上天了。

3

拿起我媽的戒指試戴後，姊姊高興地喊著「有點緊，這樣正好」。她看著我關上保險箱，一臉難以置信。

「小裕，你連保險箱的密碼和放鑰匙的地方都曉得啊？」

「嗯。我媽『怕不小心忘記』，告訴過我。」

「哦……」

「我爸媽很信任我。」

姊姊出手打我一下。「反正我這女兒就是行爲不檢。」

逸美姊不知自家金庫的密碼。至於鑰匙，據說是放在起居室的小置物櫃抽屜裡。不過，伯父曾對她說「告訴妳密碼等同引狼入室」。儘管是玩笑話，但著實傷人。

姊姊最後丟下一句「傍晚來接你」，暫且離去。終於能獨處，我思索著自己的事。

重新撥打電話，女友依然不接。

我房間書桌的抽屜裡，仍放著爲她買的禮物。雖然只是手掌大小的盒子，卻是賣場店員與我商量後精心包裝而成。

「你女朋友眞幸福。」被店員這樣調侃，我還滿開心的。

剛過下午四點，電話鈴響。我的心臟馬上使出一記月面空翻（註），腦海瞬間閃過一個念頭。要是立刻接起，不就擺明我一直在等電話？想想實在不是滋味，便故意讓電話多響幾聲。

註：一種單槓的體操動作。

然後，我按捺不住地抓起話筒。

「喂！」

「小裕嗎？幹嘛不快接，在上廁所？」

原來是逸美姊。

「怎麼？時間不是還早？」

姊姊語氣焦急。「有點狀況，剛剛迫田先生的恩師打給我，說她抵達新宿後原本要先到飯店辦入住，卻不小心迷路。上了年紀的她帶著行李，不曉得怎麼辦才好，所以我請她在車站前稍等。你準備一下，我待會兒就過去，拜託嘍。」

由於正值連假，東京都內擠滿外地來的車輛。換句話說，很多駕駛路不熟，車流壅塞。不清楚姊姊的開車技術如何，我乖乖待著，盡量不讓她分心。老實講，我寧可坐後座，也不想坐前座。

姊姊開的是買不到半年的紅色MINI Cooper。這在年輕女孩中是人氣車款，沿途不時能感受到旁人的注目。不過，若駕駛的技術好一點，我應該會更開心。

「小裕，我剛去找你的時候，你似乎沒什麼精神。」

等紅燈時，姊姊主動關心。

「是嘛？」

「對啊。你的表情像眼睜睜看著售票口關上窗，沒辦法買馬券。然後偏偏賽馬結束，原本預測的馬匹跑贏，獎金高得驚人，所以心裡無限懊惱。」

「姊，妳別再賭馬啦。」

「是……」

姊姊打開收音機。隨著DJ的介紹，琳達朗絲黛（Linda Ronstadt）的歌聲流瀉。「Poor, Poor Pitiful Me」（我眞不走運），和我現下的心情太吻合，簡直是專爲我點播！

迫田先生的恩師在新宿車站南門等候。從通話中可知，對方認得姊姊的長相。

（我看過照片。）

姊姊下車搜尋一會兒，人潮中旋即傳出叫喚聲。

一個五十出頭，氣質高雅的中年女子——不，該說是中年婦人較恰當。她身穿暗色系和服，套著雪白布襪，懷著歉意頻頻道謝。姊姊介紹我，她也對我彎腰鞠躬。

看她的模樣，平時大概常面帶微笑，此時因爲緊張，額頭微泛汗珠。我一把扛起她腳邊那似乎使用多年的大波士頓包，感覺比想像中輕盈。

她名叫佐伯路子，據說是迫田先生小學時代的導師。對多年前的恩師仍如此敬重，姊姊對迫田先生的溫柔又多一分讚賞。

車子開向高樓林立的街上，我們先前往老師預訂的旅館。佐伯女士辦入住時，我和姊姊在大廳的下午茶餐廳等候。

佐伯女士辦完手續回來，和我們一起點杯咖啡，情緒才終於放鬆。

雙方都是初次見面，氣氛相當緊張，但佐伯女士以一句「我是鄉下人」起頭，比手畫腳地聊著新宿車站很複雜，不知不覺間便迷路。姊姊笑得愉快，不斷附和，彷彿很談得來。

「眞難爲情。不過，好在我想到打電話給妳。要是我一個人，肯定到晚上還毫無頭緒地亂轉。」

「這沒什麼，能提早見到您，我很開心。」

「洋一說『我白天在不方便聯絡的地方，若有什麼事請和我未婚妻聯絡』，並告訴我妳的電話號碼，眞是個體貼細心的孩子。」

「是啊。」

「不只洋一，妳也是，逸美小姐。」

我第一次見姊姊流露害羞的神情。她伸手摀住嘴角。

這時，原本瞇著眼睛的佐伯女士綻出笑容。

「好漂亮，是婚戒嗎？」

時候到了。姊姊故作鎭靜地應道：「對，洋一送的。」

「能借我瞧瞧嗎？」佐伯女士傾身向前。「這樣就行，不必拔下。不好意思啊。」她拉近姊姊的手。

「嘩，眞美……」

但她突然臉色一沉，顯得困惑又訝異。

姊姊瞄我一眼，問道：

「有什麼不對勁嗎？」

佐伯女士抬起頭，鬆開姊姊的手。「抱歉，請等一下。」

她急急忙忙地翻找一旁椅子上的波士頓包，取出眼鏡匆匆戴上。接著，再度湊向姊姊的手，仔細端詳戒指。

不久，她低語：「逸美小姐，這戒指在哪買的？」

姊姊報上銀座那家珠寶店，佐伯女士瞪大眼睛。

「眞的？沒弄錯？」

「嗯，是洋一到店裡選的。」

佐伯女士緩緩抬頭。「逸美小姐，這是贗品。」

「咦？」

「這是假貨，且是便宜貨。怎麼會出這樣的紕漏？」

我和姊姊無言以對。不曉得姊姊此刻有何感想，但我驚訝得腦袋一片空白。爸買給媽的戒指居然是假貨？

「能取下讓我看看嗎？」

我來不及阻止，姊姊已依言照做。不過，佐伯女士並未理會戒指內側刻的名字，只注視著鑽石。

「太漂亮。」她凝重地說。「光的反射過於平均……天然鑽石較不平均，反而能呈現獨特的美。」

她想到什麼似地抬眼。「我對寶石滿有研究的。半出於興趣，從事教職的同時我也自修苦讀，取得珠寶鑑定師執照。」

她左看右瞧，仔細檢視戒指。姊姊靜靜旁觀，我忍不住開口詢問：

「我們也分得出其中的差異嗎？」

「可以，要不要試試？」

我起身走近佐伯女士，一陣芳香撲鼻。是愛馬仕的「驛馬車」（Caleche）淡香。以她的年紀擦這款香，實在罕見。有人告訴我，這是年輕族群取向的古龍水。

憑我的眼力，根本無從辨別眞僞。佐伯女士仍舊嚴肅地觀察著鑽石。

「洋一大概上當了，一定沒錯。不過，也可能是我看走眼……」

她喃喃自語，拿著戒指倏然起身。

「抱歉，我想到自然光下看個仔細。趁還有陽光，我馬上回來。」

她把波士頓包留在椅子上，快步走出下午茶餐廳，攔住正好路過的服務生，簡短問些話後，又快步疾行，從我們的眼界中消失。

「這究竟怎麼回事？」姊姊一臉困惑，但似乎覺得頗有趣。「難道叔叔撒謊？他不是告訴嬸嬸戒指價值三十萬圓嗎？」

「那種事現下一點都不重要。」我頂她一句。「照這情況和迫田先生見面，妳猜會怎樣？根本沒辦法繼續騙下去。」

「說的也是。得找機會講出實情，或換回眞正的婚戒才行。」

然而，最後我們根本白擔心一場。

佐伯女士一去不返。

十五分鐘後，我察覺有些古怪。三十分鐘後，姊姊也感到不對勁。於是，我們檢查椅子上的波士頓包，發現裡面塞滿紙屑，搞不好是仿冒品。我衝向櫃檯詢問，不料住宿登記的房客名單中，根本沒佐伯路子這號人物。

我們中了金蟬脫殼的詐術！

4

「先解決眼前的問題吧。」

爲了姊姊著想，我故作堅強地說。

眞是大受打擊。我很清楚，媽媽當初收到這枚紀念結婚十五周年的鑽戒時是多麼高興，又是多麼珍惜。只有參加大型聚會或出席重要場合媽媽才拿出來戴，洗手時便小心取下，絕不讓它離開視線範圍。

不過目前最重要的，是解決姊姊婚戒的事。

「現在又重返原點，得想辦法拿回姊姊的婚戒。妳原本跟迫田先生約幾點？」

「七點半，在有樂町的一家咖啡廳。」

我瞥向時鐘，將近六點，剩不到一小時。

「我看，先想辦法湊錢，請對方把戒指還來吧。妳那前輩住哪？」

「板橋。」

「唔，馬上趕去應該來得及。」

「可是，要怎麼做？我沒錢呀。」

「雖然沒錢，但有抵押品啊。」

爲什麼我沒早點想到？不，在姊姊來接我前，我壓根忘記車子的事。

「就是這輛車。」我拍著坐墊。「拿去抵押。」

「我才不要到『汽車融資』那種地方。」

我也沒那個意思。我們的目的地，是我打工的中古車行。

「既然都走到這一步，便不得不使出非常手段。先用這輛車抵押，借五十萬圓。且口說無憑，得詳細簽訂合約、協商利息，然後按指印。借錢的可怕，這次妳總算親身體會了吧？」

「嗯，」姊姊頹然頷首。「可是，對方肯借我錢嗎？」

最後車行老闆點頭同意。因爲姊姊眼中帶淚，我也在一旁磕頭拜託——與其這麼說，不如說是那輛MINI Cooper幾近全新，比什麼都有效。

「還款期限是明天晚上八點。晚一分鐘，我馬上賣掉！」

車行老闆在背後叮囑。我們將指印未乾的合約書塞進口袋，趕赴板橋。

姊姊的前輩名叫井口幸江。擁擠狹窄的住宅街裡，一棟雙層公寓的邊間房門上掛著小小的名牌。

開門的是個年約四十五歲，一臉疲憊的女子。她給人的印象很不起眼，但並非全是年齡的關係。

姊姊和我什麼也沒說，她似乎早猜出來意。任我們站在玄關前，她劈頭便問：「錢準備好了嗎？」

「對。」姊姊話聲顫抖。「請還我戒指。」

井口小姐以無精打采的睏倦眼神來回打量我們。

「這男孩是誰？」她朝我努努下巴。

「我堂弟。」

「還帶保鑣啊？」

姊姊凝睇對方，不發一語。井口小姐反倒先別過臉。

狹小屋內傳來電視的聲響，似乎在播放演歌。唱的是遭拋棄的女人鬱積的怨恨。

紅光滿布的黃昏天空下，獨自關在這整理得不算乾淨的房裡，聆聽某個女人唱著爲找尋背叛自己的男人，而在北國市街飄泊的心境……

我不禁暗想，世上原來有如此度過星期天傍晚的女子。

「上來吧。」

井口小姐說著轉身入屋。我和姊姊把鞋子整齊擺在一雙涼鞋旁，踏進雜誌散落一地的室內。盡頭處垂掛著一塊褪色簾子。簾後似乎是廚房，井口小姐蹲身往碗櫃抽屜探找。看來不像要泡茶招待我們，而是她將戒指藏在裡頭。

約六張榻榻米大的空間，生活必須品大致完備。陽台隱約可見洗衣機的白色輪廓。玻璃外的天空，紅豔晚霞怒火般綿延。

通往洗手間的狹窄走道旁，有個僅在鏡前加裝架子、稱不上梳妝檯的家具。上面凌亂地擺放著化妝品，有慕斯、化妝水、蓋子歪斜的晚霜、纏滿髮絲的梳子、梳頭時用的披肩，及剩一半的「蝴蝶夫人」（Mitsuko）瓶子。

但我在鏡子旁聞到的那股淡香，並非「蝴蝶夫人」，而是「驛馬車」。

我像狗一樣猛力嗅聞。沒錯，可能是噴灑時沾到披肩的緣故。

井口小姐拿著一個白色小盒過來。

「先給錢吧。」

我們交出鈔票。她一一細數，確認五十萬和利息金額無誤，便把小盒子遞向姊姊。姊姊打開盒子、取出戒指，檢查完內側的英文縮寫後急忙戴上，深怕拖拖拉拉又會被搶走。

「不用這種強硬手段，妳是不會還錢的。」井口小姐嘴角泛起冷笑。

「謝謝妳之前借我錢。」姊姊行一禮。「還有，謝謝妳讓我明白自己有多傻。」

井口沉默不語，接著才悄聲道：

「我百思不解，爲什麼妳不早點來拿。」

然後，我們步出那令人喘不過氣的公寓。

和姊姊走向車站的途中，我再也按捺不住。

「妳跟井口小姐在公司的交情很好嗎？」

「嗯，好到能開口借錢。她一直很照顧我……」她咬著嘴唇。「眞教人難過。」

「不過，歸咎起來是妳不對。」

「我知道。」

我進一步打探：「姊，妳向井口小姐提過迫田先生的事嗎？」

逸美姊猛然停步。「談過很多，爲什麼這樣問？」

「那今天的事呢？迫田先生的恩師要來東京，她是不是早就曉得？妳也曾告訴她吧？」

「對，我請教她如何接待……」

只見我心中浮現的疑問移至姊姊臉上。她緊蹙雙眉，像在說「難道」……

我指著車站前的時鐘。「六點五十五分，該去赴約嘍。」

「小裕，你……」

「我想上廁所，等會兒找家咖啡廳休息後再回家。掰掰。」

我推著姊姊的背，送走她後，剩我一人。

接著，我掉頭走向井口小姐的公寓。

5

見我返回，她並不詫異，彷彿一切都在意料之中。

「我只說明來意。請轉告那身穿和服，噴『驛馬車』淡香的女人。那戒指不是逸美姊的，妳應該很清楚。而且，逸美姊已徹底反省，也得到教訓，所以請把戒指還我。」

井口小姐不發一語地聽完，接著悄聲應道：

「驛馬車淡香？」

「那個使出金蟬脫殼詐欺術的女人噴的古龍水。我剛才在這房裡聞到，不過妳用的是『蝴蝶夫人』吧？這就怪了。」

以那家飯店爲舞台設下騙局的，應該是井口幸江及那穿和服的女人，否則不可能如此巧妙地瞞過我們。她倆是同夥。

這全是爲了教訓逸美姊。

井口小姐提前知道姊姊今天要和迫田先生的恩師見面，有充分的時間擬定計畫。

昨天她搶走戒指，姊姊想必會急著籌錢，然後在今天——可能是一早，趕來贖回。屆時一手交錢，一手交戒指，先讓她鬆懈。等到下午接著使出那招金蟬脫殼詐術，謊稱「這是假貨」，再度騙走戒指。

簡直是一波甫平，一波又起。姊姊連喘口氣的機會都沒有，當眞是雙重攻擊。

且這充滿惡意的計畫最巧妙之處，就在於是兩段式設計。

姊姊再傻，面對初識的人說「這戒指是假貨」，也不會輕易相信。但若在這之前，戒指曾失而復得，便另當別論。井口小姐她們打的大概是這個如意算盤吧。

十分周延縝密的計畫。可惜，實際情況是我媽的戒指登場，導致她們無法得逞。

「爲什麼逸美不早點來拿？」井口小姐望著我苦笑。「害我一顆心七上八下，以爲那精密設計的圈套沒能讓她上鉤。不過，我仍抱持姑且一試的心態，照常行動。我們假扮迫田先生的恩師打電話給她，她果眞依約現身，手上還戴著戒指。最後竟詐欺成功，獲得另一枚戒指，我們也非常驚訝。」

我解釋來龍去脈。井口小姐似乎頗能理解，一再用力點頭。

「原來如此。若是你母親的戒指，就非歸還不可。」

「在這裡嗎？」

「嗯，那穿和服的女人早你們一步把戒指擱在我家。因爲我倆的目的不是偷竊，一開始便打算歸還。」

然後，她離開前應該曾重新綁好和服衣帶、梳理頭髮，順便噴灑古龍水，屋內才會留下香氣。

「抱歉哪。」井口小姐交還戒指，「蝴蝶夫人」的氣味滲入外覆的手帕。

「容我請教一個問題。」我盡可能客氣地說。「您爲何這麼做？」

對姊姊太過惱火嗎？

井口小姐望向一旁回答：「不管怎麼催，她都不還錢，甚至背地講我壞話。像是『我最受不了老女人。沒其他生活目標，只好淪爲守財奴』。」

我替姊姊感到羞愧。「對不起……」

「沒關係。」意外的是，井口小姐竟然一笑。「照顧像她們這種思想淺薄的上班女郎、替她們擦屁股，似乎已變成我的天職。我向來不走運，好運都給她們吃個精光，麻煩事全往我身上推。」

從這間毫無活力和喜悅的屋子中，我感到一股沉重的氣氛，不由得暗忖。逸美姊確實膚淺，沒責任感，愛追逐流行又奢侈成性，但我仍不討厭她。因爲她不會將人生遭遇的不幸怪罪到別人頭上，也不會擺出一副受害者的姿態。

「那穿和服的女人，是妳的朋友嗎？」

「不是只問一個問題嗎？」

我忍不住笑出聲。「說的也是。不過，由她甘願陪妳犯罪看來，大概和妳交誼深厚。」

「她是我的摯友。就是這樣才叫摯友吧？」

「換成我，可沒辦法拜託朋友這種事。欠下不好的人情債太恐怖。」

井口小姐表情一僵。

「再見。」

我轉身準備離去，她主動問我：

「小弟，為什麼你如此熟悉古龍水和香水？」

「今天是我女朋友的生日。」我朝詫異的她投以微笑。「我想買小瓶裝的古龍水當禮物，所以這一個月來，逛遍東京各百貨公司的化妝品專櫃，聞過數不清的古龍水。」

井口小姐淺淺一笑，而後突然用力甩上門。

步下公寓樓梯時，頭頂傳來她的話聲。

「小弟，告訴你吧。現下你手中的那枚戒指確實是假貨，根本不值幾毛錢。真正懂鑑定的是我，經我過目絕不會有錯。你不妨在寶石上滴一滴水，擴散開的是假貨，真貨則會凝聚成水珠滑落。沒騙你。」

我急忙抬頭。從正要關上的窗口，依稀可聽見她的笑聲。

一定是胡說八道，這個不幸的女人。

回家途中，我嘴裡始終殘留著噁心的餘味，直到返抵家門，看到坐在玄關臺階上的女孩。

「我們全家剛從東京迪士尼玩回來。」我的女友開口。「我買了當地的名產。」

接著她微微一笑，「昨天對不起。」

此刻，我才感覺這一天沒白過。

「我也有禮物要送妳。」我應道。

且說——

接下來，直到九月十五日逸美姊婚禮當天，期間都沒發生什麼特別的狀況。

婚禮預定下午一點舉行，但準備工作當眞繁複。我和爸爸插不上手，反倒身穿留袖（註）的媽媽一早便慌亂不已。

出發前一刻，媽媽仍忙得團團轉。我們先到屋外等候，後來爸爸等得不耐煩，忍不住大聲呼喚。

「喂，太陽快下山了。」

「我去瞧瞧。」

進屋一看，媽媽剛走出廁所。

註：日本已婚女性最高規格的和式禮服。

「裕，來得好，幫我拉一下袖子。」

我心不在焉地望向準備洗手的媽媽，注意到她左手無名指上的那枚鑽戒。

然後，她就這樣戴著洗手。

「媽，戒指沒關係嗎？」

聽我這麼問，她吐舌做個鬼臉。「糟糕，我平常都很注意，今天卻一時疏忽。」

我不懂這話的意思。她擦著手，若無其事地繼續道：

「這祕密我只告訴你，其實這鑽石是假貨。」

我瞬間語塞。「爸爸買假貨？」

當初媽媽收到時，不是很開心嗎？

「不，他買給我的是眞貨。價值三十萬圓。」

「那爲啥……」

媽媽一笑。「這才不是什麼結婚十五周年紀念禮物，你爸那時候有外遇。」

我反射性地回望玄關，沒有人在。

「眞的假的？」

「眞的，他似乎以爲我沒察覺。」

「可是，實際上妳早就知道。」

「那當然。」媽媽的神情好比發現爸爸長褲上有破洞。「你爸爸大概是出於內咎，才買戒指送我。但這不是讓人很火大嗎？所以我賣掉改買假鑽。」

「脫手的錢，妳怎麼處理？」

「就當私房錢啊，像是拿來補貼旅行的零用金。我也得給你一筆封口費才行。」

她講得神色自若，我卻聽得胃裡一陣翻絞。

「爸爸現在有外遇嗎？」

「這個嘛……」她摸摸梳理整齊的頭髮，照著鏡子。「我也不清楚，搞不好還有私生子。你以後繼承遺產時可要小心。」

走出屋外，只見爸爸不高興地咕噥「到底在磨蹭什麼啊」。

逸美姊的新娘扮相非常美，雖然哭得一塌糊塗。不過，也難怪會哭。

畢竟連我都有點鼻酸。但不知爲何，內心又忍不住想發笑。

很奇怪，對吧？

解說

火車就要來了

陳栢青

※本文涉及故事情節，未讀正文者請慎入

一九九二年，宮部美幸憑《不需要回答》入圍第一〇六屆直木賞，這是繼《龍眠》後，宮部美幸再次攻頂之作。做爲初現光芒正要站穩腳步的作家，評審委員如陳舜臣、平岩弓枝等紛紛在評語中提到「才能再無疑慮」、「才華橫溢的作家」，那是小說界對於宮部美幸《不需要回答》最好的「回答」，彷彿祝福，也是宣告，火車汽笛催響，平成年代最貼近國民的小說家要來嘍。

審視宮部美幸的早期作品，《不需要回答》是一則又一則提問，小說家在那麼年輕的時候，便已敏銳關注到日本社會各層面的問題，無論是經濟的、社會的、性別或是城市生活之種種隱微面，小說家毫不畏懼地投以凝視。《不需要回答》本身也是提示，若對宮部美幸的創作生涯有興趣，可在其中看見小說家最初的身影。〈歡迎來Dulcinea〉中不厭其煩針對速記員的速寫，看似繁筆，實則爲其早年生涯的幻影投射之一。小說家年輕時曾進入速記學校攻讀，接受獨步的訪談中也提到「不當作家的話，我最可能從事的工作，就是現在坐的位置換上其他作家，我坐在下面邊錄音邊速記」。又如〈不需要回答〉等篇涉及信用卡與日本金融制度的弊病，可能與宮部美幸在法律事務所工作時的經歷有關，她在另一次訪問中提及「我從在律師事務所裡的經驗進行發想，將這段期間的見聞寫成《火車》」。《火車》中金融卡犯罪的雛形可追溯至〈不需要回答〉，如此推敲起來，律師事務所的工作正是宮部美幸創作養成的重要課程之一，她第一線接觸日本社會的種種不可思議、「二十年目睹之怪現狀」，而以速記法逐一繕錄。對某些人而言，那也許是種酷刑，像卡夫卡寫過的某個故事，日復一日「像在柔軟心靈上以機器銘刻記錄人類種種愚行與瘋狂」，固然宮部美幸筆下不乏深淵般的創口，但她總以溫暖的，日照般的光輝予以止傷、療痛，也許正是這點，讓她不同於其他作家。縱然經過人生黝暗的蔭谷，她總讓我們發現各種各樣的「可能」。

那麼，讓我們回到一切可能之初——

日本的十字砲火論

首先，我們必須回到《不需要回答》寫作的社會大環境來看。其書發行於一九九一年，那是日本經濟史上絕對會記上一筆的年份。八〇年代浪花一樣凶猛打上列島帶來的繁榮經濟遠景原來只是泡沫，所謂「泡沫經濟」（Bubble Economy）的定義乃是虛擬經濟超越實體經濟，九〇年代始，泡沫啵的一聲破滅，景氣嚴重衰退，從個人到公司出現大量宣告破產的情形。恐慌效應加乘之下，土地貶值、股市套牢，原本就不健全的金融體制暴露單薄的根底……日本人常用一個詞彙稱呼一九九一年起的整個蕭條年代：「失落的十年」（失われた十年）。

究竟發生了什麼事情？

做為這一代東京人，目睹大繁華至大蕭條，若說東京是座「幻影城」，「不管何時，從何處望去，東京鐵塔都像背對著我們」，那正是宮部美幸「自東京鐵塔的內部往上看」，敏銳地抓住城市內裡層疊繁複的支架，透析其中的結構工法，爲這一時代的巨變所下的精闢註腳。藉小說中的橋段而言，就是所謂的「十字砲火」論。

〈什麼也別說〉中，主人翁追尋亡者眞正的死因，路遇清潔婦指著門上封條發表一段演說：「男人大多會被十字砲火打敗。酒和賭、酒和女人、賭和女人、債和賭，偶爾是老婆和小老婆。不管怎樣，全都能以一件事替換，因爲根源相同。」

這段評論的犀利處倒不僅止於久經世故的清潔婦如何洞穿男人心性，更在於，她點出整個泡沫經濟狀態下日本社會重要的心理結構，亦即所謂的「替換」。

那是進入理性社會後，人類文明最關鍵的部分。一切存在的物事，無論是清潔婦口中的酒、賭、女人、債，乃至「夢和現實」，縱使處於不同維度，甚或虛幻、不可測之物，皆可置於同一十字座標軸上，進而同一化、量化，以便進行替換。於是，不可數的「幸福」被物件化爲〈不要背叛〉中死者道惠的房間（成爲時尚雜誌上的一張平面照片，「彷彿訴說著，只要這麼做就能得到幸福，就能擁有美麗人生」），而衣服的價位與質料，及身高比、年齡多寡與容貌則被最大公約數爲〈歡迎來Dulcinea〉中所謂的「時髦」、「進入舞廳的通行證」。一個顯而易見的代表物，關於「一切皆能替換」，人們以爲「夢與現實」可輕易顛倒的那把鑰匙，不就是小說中的重要道具信用卡嗎？藉由一張薄薄的塑膠卡，預先透支未來，當下便能得到資金挹注讓欲望加碼，獲得比此刻能擁有的還多。往昔的幻夢在刷卡瞬間，具現化爲物質狀態存在的現實。一切都遵循十字座標軸上的替換律，物件可易、時間可換，虛幻與現實變動位置，愛和幸福都可被丈量。

但是，有朝一日，「替換律」成爲清潔婦口中的「十字砲火」，債權、倒閉、破產，「虛擬經濟超越實體經濟」。一切只是交換，那便意味著，遭替換者始終存在。而其中的價差潛伏在看不見的地方，彷彿火車輪軸滾動朝我們急馳而來，愈來愈大，愈來愈急……

「十字砲火」造成幸福的幻覺，卻也是恐懼的根源。宮部美幸小說所揭示的深層恐懼，便在於「人」同樣被放上「替換律」的十字架。人做爲一種群體的生物，在現代社會中，又必然是孤獨的個體，都市傳說中最常出現的類型就是「陌生人」的故事。當一切皆可替換，人際關係的建立不再以熟識與否爲標準（以家族和人際情感爲制肘的傳統社會崩解），十字座標上的替換正在發生，於是名字不代表身分，身分又能與身體錯開，這就是〈我眞不走運〉中主人翁的遭遇。主人翁和堂姊遇到的，不是他們眞正要見的那位老師。而老師騙走的，亦非眞的鑽石。縱然找回鑽石，看似視若珍寶的，又不一定代表眞愛……一切都在層疊的替換律中慢慢歪斜，就算歸位（堂姊重返未婚夫身邊、戒指重返母親手上），裡頭仍有什麼已徹底毀壞，難以復原，「再也回不去」……

進不去的房間

宮部美幸以針筆刺穿城市虛幻的表面，卻用曲筆描寫女子。城市的規格/規則是東京鐵塔的鐵桿橫條，鋼澆鐵鑄，堅硬難以撼動。而當生香活色的女子行走在鋼鑄之城，《不需要回答》帶我們探知這一代女子柔婉的韌性，面對暴擊極富彈力（〈什麼也別說〉裡尋找眞相的女職員），但在某些時刻容易斷折（〈不需要回答〉的失戀女子）。以爲窺見她們幽微而盤折百轉的內在，卻發現一切只是紙片般無深度的表面（「這女孩是平面人，像一張會走路的照片」），正是這樣的矛盾，《不需要回答》體現現代都會女性的複雜，宮部美幸爲城市寫生，卻爲城市女子寫心。

縱然身爲外國讀者，透過紙頁也能感受到日本女孩那彷彿綁著和服束帶，「腳步跨度不知不覺間遭限制」的處境。傳統社會觀念夾殺下，無論是在以君父威權爲主的職場，或在以男性爲指標的社會環境中，女子一舉一動都被度量、被審視，只要看看〈不需要回答〉中，女孩欲跳樓時，老婦人是如何開玩笑阻止，便可理解這道規範的視線是怎般難以超越。她說：「發現妳屍體的人們，很難不聯想妳爬圍欄時露出內褲的模樣」、「接下來他們會感到好笑，不論目的爲何，年輕女孩不顧形象跨越障礙物的情景實在太滑稽」。由此可發現，縱然香消玉殞，浮上旁人腦袋的念頭卻在死亡之外，還有「身爲女子的死亡」是否合乎社會觀感與形象。亦即，連死亡都無法超脫性別限制。

且拿〈不要背叛〉爲例，本篇聯結全書兩大主題，城市與女人。宮部美幸細細描寫兩名女子的房間擺設，一者彷彿時尚雜誌上的照片，視覺性大於機能性，擺設的書是藝人隨筆和占星祕法，而另一間房中，經濟新聞取代女性雜誌，有簽名的水彩畫代替「流行的複製石板畫」，空間的改變意味主人內在的變異，但這兩處空間的主人又彼此爲倒影，「我在她身上看見過往的自己」，「前世」必須消滅「今生」，城市與女人在此合而爲一。殺人，只因凶手驚覺「無法重回那個世界」——再也進不去那個年輕的房間。不同的時間（或青春或老去的身體時間）被空間化併置於同一排公寓中，「回不去」的嘆息再度出現，女人的悲哀以城市的空間呈現。說到底，在女子心底激化她們對於青春、流行、地位之消費力與競爭性的，不正是這座幻影城市賴以建構的替換律嗎？一切皆可換，青春換來關注、美貌換來自信與男人、物質換來快樂……

火車進站的預告

最後，也許讓我們來聊聊火車吧。「火車」在現代文學中，往往是現代性的象徵。鋼鐵身軀，巨人眼睛似從暗夜中穿破迷霧透射而來的強力光束，還有切成一小格一小格按律操課的時刻表，此般種種，皆有其象徵意義。凡火車行經處，揚起煤灰與塵煙，帶進商旅，帶來時間。那挾著焚風與鐵軌摩擦的音爆，透露「現代」已駛近。

但在古代日本文學中，也存在「火車」這樣的妖怪。著火的轆轤輪轉，要把人帶入地獄業火。亙古至今，火車有妖怪的魂魄，卻裝進鋼鐵的腔體中，成爲巨大的怪物。沒人能攔阻，只能目睹其前進，上車，或離開。

《不需要回答》另一隱伏的「答案」，便是在早期作品中，宮部美幸已能正面與火車高熱的車頭燈對視。小說家試圖藉迂迴曲折的形式，透過「推理」這所謂「時間的倒裝法」，逆推出一列列夜行車初發之站，也就是小說中俗謂的「眞相」與「動機」。而在作者筆下，那指向幽暗又不甘停下，於是持續搏動的，便是人類的「黑暗之心」。

（人，究竟是怎樣的生物？）

《不需要回答》之後，小說家的筆正敘事／蓄勢待發。她繼續深問，尋求一個回答。而小說本身，即是最好的答案。

緊接著，瞧，「火車」就要來了。

作者簡介

陳栢青

臺灣大學臺灣文學研究所畢業。曾獲全球華文青年文學獎、時報文學獎、臺灣文學獎等。

宮部美幸

作品集／37

Miyabe Miyuki

不需要回答

國家圖書館出版品預行編目資料

不需要回答／宮部美幸著；高詹燦譯. - 二版.- 臺北市：獨步文化，城邦文化出版：家庭傳媒城邦分公司發行, 民109.12
面； 公分. --（宮部美幸作品集；37）
譯自：返事はいらない
ISBN 978-957-9447-92-8（平裝）

861.57　　109016717

原著書名／返事はいらない・作者／宮部美幸・翻譯／高詹燦・責任編輯／張麗嫺・特約編輯／陳亭妤・編輯總監／劉麗眞・總經理／陳逸瑛・榮譽社長／詹宏志・發行人／凃玉雲・出版／獨步文化 城邦文化事業股份有限公司 台北市中山區104民生東路二段141號5樓 電話／(02) 2500-7696 傳眞／(02) 2500-1966; 2500-1967・發行／英屬蓋曼群島商家庭傳媒股份有限公司城邦分公司 台北市中山區民生東路二段141號2樓・網址／WWW.CITE.COM.TW・讀者服務專線／(02) 2500-7718; 2500-7719・服務時間／週一至週五：09：30-12：00、13：30-17：00・24小時傳眞服務／(02) 2500-1990; 2500-1991・讀者服務信箱 e-mail／service@readingclub.com.tw・劃撥帳號／19863813 戶名／書虫股份有限公司・香港發行所／城邦（香港）出版集團有限公司 香港灣仔駱克道193號東超商業中心1樓／(852) 25086231 傳眞／(852) 25789337 E-mail／hkcite@biznetvigator.com 馬新發行所／城邦（馬新）出版集團 Cite (M) Sdn. Bhd. 41, Jalan Radin Anum, Bandar Baru Sri Petaling,57000 Kuala Lumpur, Malaysia. 電話／(603) 90578822 傳眞／(603) 9057 6622・封面設計／蕭旭芳・排版／陳瑜安・印刷／中原造像股份有限公司・2011年3月初版・2020年12月二版・2023年2月13日二版二刷・定價／280元

Printed in Taiwan　ISBN 978-957-9447-92-8

城邦讀書花園

www.cite.com.tw

宮部みゆき